Holger Effnert

Monty – Auge um Auge

Holger Effnert

Monty – Auge um Auge

Teil 1: Frydoks

Bibliografische Information der Deutschen Nationalbibliothek: Die Deutsche Nationalbibliothek verzeichnet diese Publikation in der Deutschen Nationalbibliografie; detaillierte bibliografische Daten sind im Internet über http://dnb.dnb.de abrufbar.

Titelfoto: Monty - Jan 2011 (© Udo Gremler)

© 2015 Holger Effnert
2. Auflage: Februar 2016
3. Auflage: Februar 2017

Herstellung und Verlag:
BoD – Books on Demand, Norderstedt

ISBN: 978-3-7386-5880-4

Niemand kann für eine Sache kämpfen
ohne sich Feinde zu schaffen

(Friedrich Engels: Entwurf zur Grabrede für Karl Marx, 1883.)

1. Die Geburt

Das Grollen übertönte immer wieder das Rauschen der Laubbäume, und die Wolken am Himmel, die mit letzter Kraft die unvorstellbare Energie in ihrem Inneren zurückhielten, ließen erahnen, was sie in absehbarer Zeit auf die Erde entladen würden. Normalerweise würde man zu dieser Uhrzeit Vogelgezwitscher hören, aber an diesem Juni-Nachmittag hat das aufkommende Gewitter jegliche Tiere verstummen lassen. Lediglich ein paar klappernde Fensterläden eines alten Gehöfts unterbrachen das monotone Konzert von Wind und Wetter.

Eine alte Holzscheune, die trotzig den Naturgewalten der letzten Jahre standhielt, lag etwas abseits von Stall und Wohnhaus. Diese gemauerten Gebäude waren zwar nicht so heruntergekommen wie die Scheune, sahen jedoch auch nicht sehr einladend aus.

Die einzigen Tiere, die man im Moment auf diesem alten Bauernhof im tschechischen Dörfchen Chodov wahrnahm, waren sechs Schweine, die lethargisch vor dem Stall in ihrem Gehege im Schlamm lagen.

Als der Wind einen Flügel des Scheunentores aufriss, konnte man neben Zellen mit Gittertüren auch einen schmalen Tisch sehen, der von einer Hängelampe beleuchtet wurde. Die am Tisch stehende Frau, war mit einem schäbigen Kittel bekleidet, und das verschwitzte Kopftuch ließ erahnen, wie es um die Frisur darunter bestellt war. Immer wieder strich sie über den bebenden Hundekörper, der auf dem Tisch lag. Es würde der fünfte Wurf werden, den die Hündin in ihren drei kurzen Lebensjahren zu ertragen hatte. Das Ergebnis des letzten Wurfs war so miserabel, dass der Bauer die Mopshündin schon loswerden wollte.

Die Geburt der Hundewelpen begann mit einem Krachen, als der Blitz wenige hundert Meter entfernt in einen Baum einschlug. Die Hündin blieb regungslos liegen und schenkte vier kleinen Geschöpfen das Leben, während sie unvermindert weiter hechelte.

Nachdem die Frau alle Welpen genau betrachtet hatte, stand sie nun mit geschlossenen Augen da. Sie musste einige Male durchatmen und dieser eine Satz schoss ihr wie eine springende Schallplatte durch den Kopf: „Nicht schon wieder, nicht schon wieder." Die Bäuerin wischte sich den Schweiß von der Stirn und betrachtete nun, wie die Mopshündin ihre Welpen sauber leckte.

Nachdem die Frau die Hündin versorgt hatte, brachte sie sie mit ihren Jungen zurück in eine der Zellen und säuberte den Tisch. Das blutige Wasser, das von dem Tisch tropfte, wurde vom trockenen Scheunenboden rasch aufgesogen. Im Gesicht der Bäuerin, das mit tiefen Furchen gezeichnet war, erkannte man nur Gram. Sie stützte sich auf dem Tisch ab, schaute zu den Neugeborenen und ignorierte das Knurren der Hündin, die schon wusste, was ihr nun bevorstand.

Von den vier Welpen, die an den Zitzen der Hündin fleißig am saugen waren, riss sie drei brutal hinweg. Es waren die drei beigen Mopswelpen, deren verkrüppelte Gliedmaßen ihr Todesurteil bedeuteten. Die Hündin versuchte sich aufzurappeln, war aber viel zu geschwächt und konnte

8

ihren Kindern nur noch traurig hinterherschauen, als diese von dem Menschen in Richtung Wohnhaus fortgetragen wurden.

Sie warf den Schweinen die fiependen Welpen vor. Von Lethargie war bei den Schweinen nichts mehr zu sehen und vom Fiepen der Welpen bald nichts mehr zu hören.

Als die Bäuerin das Wohnhaus betrat, ignorierte sie den Blick ihres Mannes. Sie wusch ihre Hände und goss sich anschließend einen Kaffee ein. Nachdem sie die Tasse geleert hatte, ging sie zurück zur Haustür, der Blick des Mannes immer noch auf sie gerichtet. Kurz bevor die Tür ins Schloss fiel, sagte sie: „Es ist diesmal nur ein Schwarzer".

2. Vier Freunde

Während Tina Bassman ihren Burger auf dem Tablett hin und her schob, beobachtete sie das ungleiche Pärchen zwei Tische weiter. Sie wusste genau, was da gleich passierte, aber sie wollte es mit eigenen Augen sehen. Tags zuvor bekam sie die Info, dass das Schnellrestaurant ein beliebter Übergabepunkt bei Hundehändlern ist. Sie konnte gar nicht glauben, dass hier neben Fast Food auch Hundewelpen serviert wurden. Der junge Mann, Anfang zwanzig, mit Kapuzenshirt und löchriger Jeans, schob der elegant gekleideten Frau dreihundert Euro hinüber. Die Frau, vielleicht Ende vierzig, übergab daraufhin eine weite Tasche, in der eine Pappkiste verstaut war. Es fielen zwischen Käufer und Verkäuferin nicht viele Worte, die Tina auf die Entfernung sowieso nicht verstanden hätte. Aber sie sah, dass die Frau einen blauen Hunde-Pass übergab und sich ein wenig über das Desinteresse ihres Gegenübers ärgerte. Der junge Bengel ignorierte nun die Verkäuferin gänzlich und versuchte, einen vorsichtigen Blick in den Karton zu werfen. Zum Vorschein kam ein kleiner beiger Kopf mit schwarzen Ohren, der schüchtern über den Rand schaute und ängstlich winselte.

Nicht nur Tina richtete ihren Blick in diesem Moment auf den anderen Tisch. Auch andere Gäste des Schnellrestaurants wurden auf die Übergabe des Mopswelpen aufmerksam. Die Frau stand rasch auf, bedachte den Mann mit einem missbilligenden Blick, zischte etwas mit osteuropäischem

Akzent und verschwand. Verstehen konnte er das Verhalten nicht, letztendlich war es dem jungen Mann aber egal. Das war jetzt sein Hund. Mit glänzenden Augen schaute der neue Mopsbesitzer in die Runde und verkündete: „Das ist Killer."

*

Als Ben Bremer von der Autobahn auf den Parkplatz auffuhr, fiel ihm der rote Kombi sofort auf. Ein paar Kilometer vorher überholte ihn genau dieser Wagen auf der rechten Spur. Auf der Rückbank saß ein großer Hund und schaute zu ihm herüber. Klasse, jetzt eine Vollbremsung und der Hund geht durch die Frontscheibe, dachte Ben. Der Kombi stand auf der linken Seite der Parkplatzeinfahrt. Wie kann man nur so dämlich parken, dachte er sich. Fünfzig Meter weiter sind alle Parkbuchten frei, und der muss sich direkt in die Einfahrt stellen. Er passierte den Wagen und sah, wie der Fahrer mit einem Dalmatiner-Mischling zwischen PKW und Leitplanke stand.

Ben steuerte eine Parkbucht an und stieg aus, um sich die Füße zu vertreten. Vor allem musste er sich erleichtern. Vor dem Eingang des Toilettenhäuschens blieb er stehen und überlegte kurz: Oder doch besser das Gebüsch? Ben hasste diese Klohäuser und noch viel mehr hasste er ihre Türgriffe. Der Gedanke an diese, konnte bei ihm in kürzester Zeit einen Herpes sprießen lassen. Kurz entschlossen ging er zum nächstliegenden Gebüsch und urinierte in die Natur. Der rote Wagen fuhr wieder an ihm vorbei. Ben schaute über die linke Schulter, und sein Blick traf den des Mannes im Kombi. „Blödmann". Das Wort rutsche Ben ungewollt raus und war mehr gedacht als gesprochen. Dann streifte ihn ein

11

Gedanke. Irgendwas passte da gerade nicht. Irgendwas fehlte da. Intuitiv riss er seinen Kopf nach rechts, und da sah er ihn, angebunden an der Leitplanke. „Dreckschwein". Diesmal war das Wort mehr geschrien als gesprochen.

*

Torben Braun stand am Waldweg und schaute hinunter ins Gestrüpp. Eigentlich könnte man darüber grinsen, wie dieser durchtrainierte Hüne in seinem Muskelshirt dastand. Kahlrasierter Kopf und auf einen Meter und neunzig alle Muskelpartien extrem ausgeprägt. Die Oberarme des 28-Jährigen könnten es vom Umfang locker mit den Oberschenkeln so manch eines anderen aufnehmen. Auf diesen imposanten Armen hielt er eine beige Mopsdame und kraulte sie gedankenverloren. Schaute man ihm ins Gesicht, verging einem jedoch das Grinsen. Mit starren Augen liefen dem Mann dicke Tränen über die Wangen. Sein Blick war auf einen Labrador Welpen gerichtet, der ganz still im Gebüsch lag. Der Großteil seines Fells war der Demodexmilbe zum Opfer gefallen. Angebunden an einem Baumstamm lag er mit aufgerissenen Augen am Boden. Leben war nicht mehr zu erkennen. Das wurde dem Hund genommen, als man ihn mit zugebundener Schnauze der Junisonne überließ. Ein krankes Tier, entsorgt wie der kaputte Kühlschrank, der nur wenige Schritte daneben lag.

*

Luna führte die Tätowiermaschine gekonnt über Torbens Rücken. Hier fühlte er sich wohl. Seit Jahren schon besuchte er diese Frau, die gerne zur 68er Generation gehören würde. Allerdings war sie mit ihren knapp vierzig Jahren zu dem Zeitpunkt nicht einmal geplant. Luna betrieb ihr Tattoo-Studio in einem Anbau des elterlichen Hofes in der Nähe von Kassel. Ihr Bruder, der das Anwesen führte, stellte ihr Gebäude und Land zur Verfügung. Dort konnte sie gleich zwei Träume verwirklichen. Das Studio und einen komplett eingezäunten Bereich, der es ihr ermöglichte, Pflegehunde aufzunehmen. Luna war schon lange Mitglied einer Gemeinschaft von Hundefreunden, die als Tierschutzorganisation in Not geratene oder nicht mehr gewollte Tiere aufnahm, medizinisch versorgte und wieder aufpäppelte. Diese Tiere leben dann erst einmal in einer Pflegestelle, wie Luna sie ist. Findet sich dann ein passender Interessent, der auch die Vorkontrolle eines Fachmanns übersteht, wechselt der Hund zu seinem hoffentlich letzten Besitzer.

Torben kam vor gut zehn Jahren als erster in den Genuss, von Luna ein Tattoo gestochen zu bekommen. Sehr zum Verdruss seiner Eltern, die ihm als einzigem Kind eine anständige Bankkaufmannskarriere zugedacht hatten. Und dazu gehörten definitiv keine Tätowierungen. Seine Eskapaden kompensierte er immer wieder mit der Erfüllung von „Parents Dreams". So nannte er die Erwartungen und Träume seiner Eltern. Sehr gutes Abitur, Studium an einer ausgewählten Universität und und und. Dafür stand ihm ein Teil von Papas Kapital zur Verfügung. Den nutzte Torben jedoch zum Teil für Besuche bei Luna. Und so schloss sich der Kreis.

Von Luna hatte er auch seine kleine Mopsdame Ohara. Erklären konnte er den Namen niemandem. Er wollte halt was Ausgefallenes. Für Luna war der Einsatz als Pflegestelle für Nothunde eine Herzensangelegenheit. Über ihr Engagement machte sie nie viel Tamtam. Allerdings entlud sich ihre Wut über die immense Einfuhr von billigen Vermehrerhunden immer heftiger. Und viel schlimmer waren die ignoranten Abnehmer, die ein vermeintliches Schnäppchen mit horrenden Tierarztrechnungen bezahlen mussten, oder aber sich der Tiere auf schändlichste Weise entledigten. Die Erlebnisse, die ihr Torben oder aber auch ihr Mann Ben schildert, waren nur die Spitze des Eisberges.

„In Göttingen öffnet wieder ein „Peters Pet-Shop", grummelte sie. „Mit reichlich Welpen der gängigsten Rassen." Torben ballte die Fäuste. „Na Super, und zig Dumme, die dort kaufen werden." Ihm war klar, dass er einer von denen sein wird, die vor dem Geschäft demonstrieren würden. Torben war regelmäßig bei Aktionen wie dieser dabei, allerdings ist das seiner Meinung nach nur ein Schuss ins Leere. Die Tageszeitung wird auf Seite 5 einen kurzen Bericht bringen und am nächsten Tag spricht keiner mehr drüber. Aber alleine stellt man nicht so viel auf die Beine, als wenn man ein paar Gleichgesinnte an der Seite hat. Aber wen? Luna kümmerte sich zwar hingebungsvoll um die armen Geschöpfe, die man in ihre Obhut gab, aber sie hatte nicht genug Mut. Bloß nichts Verbotenes. Ihr Mann Ben war da schon aus anderem Holz geschnitzt. Er sieht zwar mit seinem unrasierten Gesicht und den zotteligen schulterlangen Locken verwahrlost und unmotiviert aus, aber wenn er in Fahrt war, hielt ihn so schnell nichts auf. Mittlerweile war Luna mit dem Tattoo auf Torbens Wade fertig, und während er sich von ihr verabschiedete, waren seine Gedanken schon bei der Demo.

*

Gut vierzig Tierfreunde versammelten sich vor der Tierhandlung und ließen ihrem Unmut freien Lauf. Schmähgesänge und Plakate ließen viele Passanten in der Göttinger Fußgängerzone aufmerksam werden. Auch die Polizeipräsenz tat ihren Teil dazu. Die ersten Handgreiflichkeiten gab es, als die Polizei zwei Demonstranten aus dem Eingangsbereich des Ladens entfernen musste. Eigentlich geht so etwas friedlich vonstatten, da aber die Beamten die beiden jungen Leute im Polizeigriff wegzerrten, wurde die Stimmung hitziger und die ersten Feuerzeuge flogen. Daraufhin wurde das Aufgebot der Staatsmacht erhöht und auch Videokameras wurden nun eingesetzt. Die Ladentür ging auf und beim Verlassen der ersten Kunden mit einem Welpen konterten vierzig Augenpaare die wütenden Blicke des Vaters, die peinlich berührten Blicke der Mutter und die total verängstigten Blicke des Jungen. Als das gellende Pfeifkonzert noch weiter anschwoll, drängte ein Großteil der Einsatzkräfte die Demonstranten zurück. Torben, der ein paar Reihen weiter hinten stand, bekam aus dem Augenwinkel mit, wie sich einige seine Mitstreiter Sturmhauben überzogen und nach vorne drängten. Dabei stießen sie eine junge Frau zu Boden, die mit dem Kopf hart aufschlug, und während über ihr die Chaoten und die Polizisten aufeinander losgingen, kauerte sie benommen auf dem Asphalt. Das Geschrei nahm die Frau nur wie ein Rauschen wahr. Zwischen den vielen Beinen um sich herum sah sie einen Mann auf allen vieren kommen. Ungeachtet der Hiebe, die Torben währendessen abbekam, packte er die junge Frau an den Schultern, drehte sie auf den Rücken und zog sie aus der Gefahrenzone. Der Menschenmasse entkommen, stand er auf, nahm die Verletzte in den Arm und verließ die Szenerie.

In einer Seitenstraße am Ende der Fußgängerzone stand sein silbergrauer Lexus. Er setzte die zitternde Frau auf den Beifahrersitz und machte sich mit dem Erste-Hilfe-Paket aus dem Kofferraum an der Kopfverletzung zu schaffen. Mit einem Lächeln bemerkte er, dass die Box schon seit drei Jahren abgelaufen war. Auf die Frage, was das dümmliche Grinsen solle, antwortete er nur mit seinem Namen. „Ich heiße Torben". Sie schaute schmollend zur Seite. Wieder haben ein paar Idioten die ganze Demo zerstört und die Tierschützer in den Augen der Passanten als anarchistische Chaoten dargestellt. „Ich bin Tina".

*

Der rote Fleck, der sich auf Tinas weißer Hose in Kniehöhe befand, war inzwischen auf Handflächengröße angewachsen. Er ließ drauf schließen, dass da noch mehr zu verarzten war. Da ein Krankenhaus für Tina überhaupt nicht in Frage kam, schlug Torben vor, eine gute Freundin aufzusuchen, die ganz in der Nähe wohnen würde. Er erzählte ein wenig von Luna und als Tina ihr OK gab, fuhren sie langsam in Richtung Hauptstraße. Immer noch kamen ihnen Einsatzwagen der Polizei entgegen, die auf dem Weg zur Tierhandlung waren.

Während der Fahrt wollte kein vernünftiges Gespräch zwischen den beiden zustande kommen und so war Torben froh, als sie ihr Ziel erreicht hatten. Dort saß Luna auf ihrer blauen Holzbank, die neben dem Eingang zum Tattoo-Studio stand und rauchte genüsslich eine Zigarette, gedankenversunken wie immer, wenn sie hier die Geräusche der Natur aufsog. Das abrupte Abbremsen des Lexus gut zwei Meter vor ihren Füßen ließ sie wieder in die Realität zurückfinden. Luna hasste diese blöde Angewohnheit von Torben. Sie wollte schon ihren Standardspruch loslassen, bemerkte dann aber die Beifahrerin und schaute mit einem leichten Grinsen zu Torben hinüber. Ihr Gesichtsausdruck änderte sich aber schlagartig, als Tina den Wagen verließ. Beim Aussteigen fiel die blutverschmierte weiße Hose sofort auf und Luna führte die Verletzte ins Haus.

Während die beiden Frauen im Bad Tinas Wunden gründlich versorgten, setzte Torben einen Tee auf. Kaffee war nicht so ganz sein Fall. Nicht nur das unterschied ihn von Luna. Er war Nichtraucher, während Luna die Glimmstängel geradezu fraß. Nachdenklich stand er vor dem Küchenfenster und lauschte unbewusst den Schilderungen über die Aktionen in Göttingen, die Tina auf sehr energische Weise im Bad vortrug. Im Grunde hörte er gar nicht richtig hin. Torben war auf Standby und starrte nur vor sich hin. Alle Worte, die sein Ohr vernahm, verloren sich kurz hinter der Hörmuschel. Erst als Ben mit seinem Wohnmobil auf den Hof fuhr, erwachte er aus seiner Lethargie. Wie immer mit zerzausten Haaren, sprang Ben heraus und eilte hastig zur Wohnungstür. Ein Lächeln huschte über Torbens Gesicht. Die erste Tür flog zu und der Knall der zweiten Tür, der Toilettentür, wurde von einem entsetzten Schrei ersetzt. „LUNA!" Dass da eine attraktive fremde Frau, nur mit Slip und Shirt bekleidet stand, schien Ben überhaupt nicht zu interessieren, er musste dringend auf die Toilette. Und während er wie ein kleines Kind von einem auf das andere Bein tänzelte, packte Luna die immer noch erschrockene Tina samt ihrer Hose und verließ das Bad. „Wir sind eh fertig". In der Küche hörte man Torben herzhaft lachen.

Ben und der Tee waren fast zeitgleich fertig und die Männer gesellten sich zu den Frauen, die es sich draußen auf der blauen Bank bequem gemacht hatten. Jede hatte einen von Lunas Pflegehunden auf dem Schoss. Synchron kraulten sie deren kurzes dichtes Fell, sodass das genussvolle Grunzen der kleinen Vierbeiner im Einklang mit den Geräuschen der Natur war. In Kurzform wurde Ben über den Tag in Göttingen informiert und alle Vier steigerten sich in ihre Wut und Enttäuschung über so viel Dummheit und Geldgier hinein. Jeder konnte zig Beispiele und Erlebnisse von Tiermisshandlungen und vor allem von Vermehrern, Tierhändlern und naiven Käufern vortragen. Dann brach eine angespannte Stille aus, die selbst das typische Grunzen der Möpse verstummen ließen. Vier menschliche Augenpaare flogen unruhig von Einem zum Anderen.

Als Torben plötzlich und kraftvoll das Wort ergriff, zuckten die drei anderen zusammen. Selbst die Möpse sprangen von den Schößen und flohen in den Garten. „Wir müssen uns organisieren und denen mal empfindlich in den Arsch treten." Luna nickte erschrocken und auch Ben bestätigte Torbens Aussage mit der gleichen Kopfbewegung. Allerdings eher kampfbereit als erschrocken. „Ja, wir werden diese Hunde befreien", unterstrich er seine Geste mit Worten. Tina sprang auf. „Wir sind die Frydoks."

*

Tina und Torben fuhren zurück nach Göttingen. Eigentlich hätte Tina auch von Kassel zurück nach Nürnberg fahren können. Da die Beiden aber noch einmal bei „Peters Pet-Shop" vorbeischauen wollten, würde sie anschließend von Göttingen aus die Heimreise antreten.

Torben parkte seinen Lexus wieder an der gleichen Stelle wie am Mittag. Um zum Bahnhof zu kommen, mussten sie durch die Fußgängerzone gehen, und dort lag ja auch ihr eigentliches Ziel, die Tierhandlung. Die Demonstration war kurz nach Beginn der Krawalle aufgelöst worden. Der Sachschaden hielt sich in Grenzen und ein paar Bedienstete der Stadtreinigung stellten den Ursprungszustand wieder her. „Peters Pet-Shop" hatte für heute geschlossen. Nichts erinnerte an die Ausschreitungen, die noch vor einigen Stunden hier stattgefunden hatten.

Es dämmerte schon, und Torben bestand darauf, Tina noch bis zum Bahnhof zu begleiten. Als nächstes musste Torben zu seinen Eltern. Dort brachte er immer seine kleine Mopshündin Ohara unter, wenn er zu diversen Aktionen unterwegs war. Seine Eltern liebten die kleine Mopsdame, gab sie Torben doch so eine friedliche Note als Gegensatz zu seiner äußeren Erscheinung.

Da es mittlerweile dunkel war, nahm er von den drei Personen in der Seitengasse nur die Konturen wahr. Anhand der Stimmen wusste er, dass zwei Männer mit einer Frau stritten. Die Worte waren nicht laut, doch die der Männer klangen drohend und die der Frau verzweifelt. Nachdem Torben die Seitengasse passiert hatte, blieb er im nächsten Hauseingang stehen und lauschte. Scheinbar schuldete die junge Frau den Männern Geld, und da sie dieses wohl nicht aufbringen konnte, hatten die beiden Kerle kurzerhand den Hund der Frau gekidnappt. Sie drohten ihr, dem Hund etwas anzutun, wenn sie nicht bald mit der Kohle rüberkommen würde. Dann verschwanden die beiden Gestalten. Die schluchzende Frau kam jetzt direkt in den Hauseingang, in dem Torben stand, und erschrak. Ihre Blicke verharrten etliche Sekunden aufeinander, bis Torben sich wortlos an ihr vorbei auf die Straße drängte und den beiden Typen folgte. Er hatte die Männer recht schnell eingeholt, blieb aber stets weit genug entfernt, um seinerseits nicht entdeckt zu werden. Die Wortwahl des kleinen Dicken sowie die des großen Dünnen, als auch die Ideen, wie sie mit der Frau und dem Hund weiter vorgehen wollten, entsprachen dem Charakter zweier Psychopaten oder dem Gedankengut von zwei gemeingefährlichen Erwachsenen.

Das ungleiche Pärchen wechselte die Straßenseite und betrat ein vierstöckiges Stadthaus aus den 50ern. Das frisch gestrichene Gebäude stach zwischen den anderen herunter gekommenen Häusern regelrecht hervor. Torben blieb auf der gegenüberliegenden Straßenseite und beobachtete die Fenster. Im zweiten Stock auf der linken Hausseite ging Licht an. Nun überquerte auch Torben die Straße. Er eilte die

Treppen bis zur Wohnung der beiden Kerle hinauf und klopfte. Der große Dünne, der die Tür öffnete, war höchstens Anfang zwanzig. Seinem dümmlichen Blick folgte ein lang gezogenes und fragendes „Jaaaaa". Was für harte Kerle. Torben wollte schon nach den Eltern fragen und verkniff sich ein Grinsen. Er sagte nur trocken „Der Hund". Ehe die Tür ruckartig geschlossen werden konnte, stand sein Fuß dazwischen und er betrat die Wohnung.

„Wo ist der Hund?" Torben hörte zwar schon das Bellen aus dem Wohnzimmer, aber schließlich war er ja „Gast" und da bedarf es ein wenig Höflichkeit. Im Eingangsbereich stand immer noch der dünne, inzwischen käseweiß angelaufene junge Mann. Aus dem Wohnzimmer kam der Zweite zitternd mit einem jungen Mischlingshund im Arm. Mutig hielt der Dickliche den Hund noch zurück und wollte gerade protestieren, als Torben ihn mit der Frage nach der Höhe des geschuldeten Geldes unterbrach. 50 Euro. Dafür wird ein Hund gekidnappt. Torben schüttelte den Kopf und knallte den Geldschein auf die Kommode, neben der er stand. Durch die Kraft des Knalls öffnete sich ein Türchen des wackligen Möbelstücks. Keiner sagte etwas, alle starrten sich nur an. Das einzige Geräusch in dieser Situation war das Knarren der Kommodentür. Die Leine des Hundes musste Torben dem Dicken aus der Hand nehmen, da dieser immer noch wie versteinert dastand. Torben wollte ihm nicht in den Schritt schauen. Er vermutete dort einen großen, dunklen, nassen Fleck und dann hätte er losgeprustet. So drehte er sich nur um und wollte in Richtung Ausgang gehen, als er in der geöffneten Kommode eine Spraydose erblickte. Torben nahm die Dose heraus, und beim Schütteln machte sie einen fast vollen Eindruck. Er knallte den Beiden noch mal einen Fünfer hin und verließ mit Hund und Spraydose die Wohnung, während Dick und Doof immer noch wie angewurzelt in ihrer Wohnung standen. Torbens Ziel war die junge Frau, die ihr Glück wahrscheinlich nicht fassen würde, aber in Gedanken war er schon bei Peters Pet-Shop.

Die Straße mit dem frisch gestrichenen Haus lag nun wieder wie menschenleer in der warmen Sommernacht. Das Einzige was auffiel, waren die beiden unterschiedlichen Gestalten am hell erleuchteten Fenster im zweiten Stock, sowie der Schriftzug, der in einem satten Grün an der weißen Hauswand prangte: „Frydoks".

3. Igor Toschenko

Der Pianist hielt die Augen geschlossen. Sein Kopf wiegte sich im Rhythmus der Musik. Seine Hände flogen so professionell über die Klaviertasten, dass die Blicke der Gäste gebannt auf sie fixiert waren.

Igor Toschenko lebte seit seiner Kindheit mit einem Klavier und wenn er spielte, verschmolz er mit dem Instrument. Es gab nur wenige, die wie er spielten. Er selbst stellte seine große Leidenschaft über fast alles. Bei einem Gespräch unter Freunden soll er mal gesagt haben, dass er eher eine seiner Nieren opfern würde, als einen seiner Finger. Die Musik war sein Lebensinhalt und sein Rückzugsort. Wenn seine Geschäfte schlecht liefen oder er Streit mit seiner Ehefrau hatte, setzte er sich vor die Tasten und versank in eine andere Welt ohne Hass und Zwietracht.

Auch seine Zuhörer konnte Igor mit diesem Talent verzaubern und er genoss ihre ehrfürchtigen Blicke, wenn er mal wieder in sein prunkvolles Haus in Kiew zu einem Imbiss einlud. Dieser Imbiss bestand natürlich nicht aus Borschtsch oder Soljanka, sondern aus den erlesensten Köstlichkeiten. Nicht zu große Mengen, dafür aber eine Auswahl an Spezialitäten aus verschiedenen Ländern. Ein wenig Kaviar aus der Heimat, Lachs aus Norwegen, Champagner aus Frankreich. Hummer, Krokodil und feinstes Filet vom Kobe-Rind durften auch nicht fehlen. Seine Gäste waren in der Regel Politiker oder Personen, die leitende Positionen bekleideten. An Igors Seite war nicht etwa seine Gattin, nein, die saß lediglich in Reichweite, sondern zwei junge hübsche Dinger, die beinah seine Enkeltöchter hätten sein können. I-gor waren seine 65 Jahre nicht sofort anzusehen. Er war sehr eitel, die Haare stets blond gefärbt, regelmäßige Maniküre und Pediküre gehörten zu seiner Körperpflege. Die Pediküre ließ er grundsätzlich nach dem Joggen durchführen, „dann sind die Füße am weichsten", pflegte er zu sagen. Auch den Tipp immer dieselben Socken anzuziehen beherzigte er, na-türlich ungewaschen, alles zum Vorbeugen von Blasen und Schwielen. Er genoss den Versuch seiner Kosmetikerin, ihr angeekeltes Gesicht hinter einem Lächeln zu verbergen. Alle wollten ihm gefallen, alle wollten seine Freunde sein, alle hatten Angst vor ihm, Igor Toschenko.

Diese Klavierabende waren für Igor Himmel und Hölle. Auf der einen Seite brauchte der mittlerweile schmächtige Russe die begeisterten Blicke, die Anerken-nung, sowie die beiden 20-jährigen Mädchen. Auf der ande-ren Seite ekelte es ihn an, von allen angefasst zu werden. Hände schütteln, Umarmungen, Küsschen links, Küsschen rechts, die nassen Zungen, die diese beiden Gören ihm in den Hals schoben. In solchen Momenten sehnte er sich danach, mit seiner Frau durch den Garten zu schlendern, die Stille zu genießen oder in seiner Bibliothek in Ruhe ein Buch zu le-sen. Freunde hatte er fast keine, das war ihm bewusst, aber einen gab es da. Einen, auf den er sich verlassen konnte. In seiner Gegenwart fühlte Igor sich geborgen und sicher. Sein Name war Vitali Braschev.

Als achtjähriger wurde Igor von zwei Schäferhunden angefallen. Vitali, der mit Hunden aufwuchs und ein gutes Gefühl für die Vierbeiner hatte, rettete ihm damals wohl das

Leben. Seit dem Vorfall waren sie fast unzertrennlich, bis Vitali mit 30 Jahren nach Deutschland aussiedelte. Erst als Vitali wieder etwas für die Straßenhunde seiner alten Heimat tun wollte, zog es ihn zurück nach Kiew. Er gründete einen Verein zur Rettung notleidender Hunde und kämpfte auch vehement gegen Hundehändler und Vermehrer. Die Freundschaft zwischen Igor und Vitali hatte auch jetzt im fortgeschrittenen Alter Bestand. Die beiden trafen sich jedes Mal, wenn Vitali in Kiew war. Mal trafen sie sich in dem kleinen Büro der „Tierfreunde Kiew", oder man traf sich in Igors luxuriösem Haus, wie auch diesmal. Herzlich umarmten sich die langjährigen Freunde. Vitali, der Tierschützer und Igor, dessen Einnahmequelle unter anderem der Handel mit Hundewelpen war.

4. Tiermarkt

In Chodov hatten Hunde keine Namen. Hier waren sie Ware. Es gab mehrere Höfe wie den von Bauer Havel und seiner Frau. Höfe, in deren Scheunen das ganze Repertoire der zurzeit gefragtesten Hunde produziert wurde. Man konnte damit nicht reich werden, denn das große Geld kassierten andere. Hier in Chodov standen alle am Ende der Kette.

Die Mopsvermehrung war das Sorgenkind der Havels. Erst wenige gesunde Welpen konnten sie an die Zwischenhändler weitergeben. Der erste Wurf wurde sofort von der Mutter totgebissen. Bei folgenden Würfen hatten viele Welpen verkrüppelte oder fehlende Gliedmaßen. Es war wie ein Fluch. All diese Welpen wurden den Schweinen vorgeworfen und dem letzten Muttertier von ehemals fünf Mopshündinnen drohte das gleiche Schicksal.

Der übrig gebliebene kleine Schwarze Mopswelpe gefiel Havel dagegen sehr. Neugierig, verspielt und temperamentvoll sprang dieses kleine schwarze Knäul mit seinen 15 Wochen durch die Scheune. Eigentlich macht sich Bauer Havel nichts aus seiner Ware, aber dieser kleine Kerl hatte es ihm angetan. Beim letzten Besuch seiner Auftraggeber konnte er den Kleinen noch mit der Begründung, dass er als Zuchtrüde herhalten soll, behalten. Aber da die Nachfrage nach schwarzen Mopswelpen enorm gestiegen war, wurde nun die Herausgabe des Kleinen gefordert. Mit für ihn ungewöhnlich wehmütigem Blick schaute er dem Lieferwagen der Zwischenhändler hinterher, als diese wieder von seinem Hof fuhren. Im Laderaum des Lieferwagens standen 15 Drahtkäfige mit verschiedenen Hundewelpen. Einer davon war ein kleiner schwarzer Mops, der auf den kalten Gitterstäben mit noch zwei gesunden Augen in die Dunkelheit starrte.

*

Torben schaute Tina an und fragte direkt: „Hast du schon mal einen Parkplatzverkauf miterlebt?" Sie schüttelte halbherzig den Kopf. „In unserer Burger-Bude in Nürnberg habe ich mal mitbekommen, wie zwischen Burger und Pommes ein Mops verkauft wurde. Das reichte schon. Über Parkplatzverkäufe habe ich mal einen Fernseh-Bericht gesehen." Nun klinkte Ben sich ein. „Das ist nicht das Gleiche. Bei diesen Parkplatzverkäufen platzt der Kofferraum fast aus allen Nähten. Die Welpen sind über mehrere Stunden ohne Wasser und Frischluft darin gefangen." Nachdem Ben endete und keiner mehr was sagte, ergriff Torben wieder das Wort. „Im tschechischen Cheb, 50 Minuten von Hof, findet nächstes Wochenende ein Bauernmarkt statt. Ich weiß, dass da neben Federvieh und Rammlern auch Hunde verschachert werden, teilweise ganz offiziell auf dem Markt und teilweise auch auf dem Parkplatz. Und da Cheb nur fünf Kilometer hinter der Grenze liegt, trifft man da hauptsächlich Deutsche, die ihre Billighunde da kaufen. Vielleicht sollten wir uns das mal anschauen und ein bisschen Aufklärungsarbeit leisten." Ben schmunzelte. „Die werden uns mit der Mistgabel vom Platz jagen." „Logisch, ich will da ja auch nicht diskutieren. Lass uns ein paar Flyer drucken, die wir unter das Volk bringen und vielleicht noch ein größeres Plakat auf der Zufahrtsstraße und dann schnell wieder weg." Tina fiel Torben etwas ungläubig ins Wort. „Was soll denn auf den Flyer drauf? Meinst du die Leute fahren da zum Lesen hin?" „Es reicht ja ein passendes Bild von den Hundeproduktionsstätten oder kranke und tote Welpen", verteidige Torben seinen Plan. „Dazu noch unseren Schriftzug „FRYDOKS" darüber und unter dem Bild „Tiere sind keine Ware" oder so ähnlich." Ben stand als erster auf. „Na dann lasst uns mal Flyer drucken."

*

Familie Kovac hatte an diesem Wochenende etwas ganz Besonderes vor. Ein Haustier sollte her, und zwar ein Hund. Vater Jakub war zwar komplett dagegen, da er zu Tieren nur einen Bezug hatte, wenn sie gebraten auf seinem Teller lagen. Das Bitten und Betteln seiner Kinder ließ ihn relativ kalt. Außerdem war ihm klar, dass Sohn Jiri mit seinen 12 Jahren schnell die Lust an dem Hund verlieren würde, wenn er im Regen nach draußen musste, und seine 15-jährige Tochter hatte doch sowieso zu gar nichts Lust. Seine Frau Katerina erweichte das Jammern dagegen schon eher, und da sie wusste, dass auch ihre Bitte nicht viel Gewicht bei Jakub hatte, trickste sie ihren Mann aus. „Wenn wir einen Rüden holen, dann können wir ihn zum Decken anbieten. Damit kann man schnell mal ein paar Tausend Kronen machen." Das war das Argument, das den Familienvater letztendlich überzeugte, und so plante er einen Besuch auf dem Bauernmarkt in dem an der deutschen Grenze liegenden Cheb.

Die Stimmung im Auto war prächtig, denn während die Kinder sich über das rege Treiben auf dem Markt und vor allem über ihr neues Familienmitglied freuten, zählte der Vater im Geiste bereits die Geldscheine.

*

Torben, Tina und Ben machten sich am Samstagmorgen schon früh auf den Weg zum Bauernmarkt. Sie wollten möglichst früh da sein, um sich selbst erst einmal den Markt und die angebotenen Tiere anzuschauen. Im Kofferraum hatten sie neben den hundert Flyern auch noch 10 Plakate im gleichen Design.

Dass sie den Bauernmarkt fast erreicht hatten, bewiesen die vielen Werbeplakate, auf denen der Markt angepriesen wurde. Ben, der für das Anbringen der Plakate eingeteilt war, hatte schon eine genaue Vorstellung, wo er die Plakate anbringen würde: mittig über die Marktplakate und gut sichtbar auf der Zufahrtsstraße zum Parkplatz. Tina würde den ankommenden Besuchern die Flyer in die Hand drücken und Torben würde sie unter die Scheibenwischer der Autos klemmen.

Es war schon einiges los auf dem Bauernmarkt. Der Parkplatz, ein großzügig abgesteckter Bereich auf einer Wiese, war bereits zur Hälfte gefüllt. Von hier aus mussten sie noch 50 Meter die Straße entlang in Richtung Ortschaft gehen, um über einen Schotterweg zum Markteingang zu gelangen. Nachdem die Drei jeweils 50 Kronen Eintritt bezahlt hatten, schlenderten sie unauffällig durch die Gänge zwischen den Marktständen. Dennoch wurden sie von zwei Augenpaaren verfolgt. Die beiden Männer standen an einer Ecke, die den Blick auf den Eingangsbereich und die von dort abbiegenden Gänge erlaubte. Torben, Ben und Tina waren keine 20 Meter vorangekommen, als sie den beiden hageren Typen auffielen. Einer von ihnen startete sofort die Verfolgung und blieb immer einige Schritte hinter den Frydoks.

*

An den Ständen wurden hauptsächlich Lebensmittel angeboten, zwischendurch auch Handwerkskunst oder kleinere Landmaschinen und Werkzeug. Nur Tiere sah man nicht. Während Ben vorneweg ging, flüsterte der dahinter laufende Torben ganz beiläufig, dass sie Begleitung haben.

Je weiter die Besucher in den hinteren Bereich des Marktes kamen, umso lauter hörte man nun auch Tiere krähen und schnattern. Die ersten Käfige mit Kaninchen, die in viel zu enge Käfige gepresst waren, ließen die Kinder entzückte Augen machen. Tina schüttelte nur den Kopf und Torben machte unauffällig mit seinem Handy ein paar Fotos. Als ein kleines Mädchen zu dem Jungen gerannt kam, der vor den Kaninchenstall hockte und rief, dass es weiter hinten ganz süße Hundebabys gibt, schauten die drei sich an und folgten den Kindern. Der stille Begleiter, der sich ebenfalls in ihre Richtung bewegte, zückte sein Handy und informierte seinen Kollegen.

Nachdem sie mehrere Stände mit Enten, Hühnern und sonstigen Kleintier passiert hatten, kamen sie zu den Welpenhändlern. Teils in Käfigen und teils in kleinen Gehegen auf der Erde tummelten sich verschiedene reinrassige Hundewelpen. Mitunter standen Kinder in den sowieso schon überfüllen Gehegen und rissen die Welpen hoch, um sie den Besuchern in die Hand zu drücken. Hier gab es alle gängigen Rassen, und die Welpen wurden natürlich auch „mit Papieren" angeboten. Teilweise war es lediglich der blaue EU-Impfausweis, der den Käufern ausgehändigt und als wichtiges Dokument zum Züchten und für Ausstellungen angedreht wurde.

Torben zog wieder sein Handy aus der Hosentasche und versuchte unauffällig in Hüfthöhe ein paar Fotos zu machen. Er wollte es nicht offen tun, denn die freundlich schauenden Kinder und Frauen hinter den Verkaufsständen, wurden aus passender Entfernung von den dazugehörigen Vätern und Ehemännern beaufsichtigt, und die schauten alles andere als freundlich.

Hier im Bereich der Tierstände war ein weiterer Eingang. Auf dem ersten Blick machte dieser den Eindruck eines Zugangs für die Standbetreiber, da außerhalb Transporter und Kleinlaster standen. Aber auch mehrere PKWs, aus denen Familien oder auch Einzelpersonen ausstiegen oder die Autos be- und entluden, standen dort. Die drei Frydoks schlenderten in Richtung des Eingangs, ohne jedoch Interesse an diesem Bereich zu zeigen. Ein Abschnitt dieses Parkplatzes war offensichtlich für Händler-PKWs reserviert.

Man erkannte sie an den vor ihnen gestapelten Käfigen. Bei einzelnen Wagen stand die Kofferraumklappe offen, und die hineinschauenden Personen, ließen darauf schließen, dass auch dort zu verkaufende Tiere saßen. Torben stieß Tina an: „Da hast du deinen Parkplatzverkauf, und da vorne hast du auch die typischen Käufer." Er zeigte auf eine Familie mit zwei Kindern, bei der vor allem die Tochter mit ihren feuerroten Haaren auffiel. Der Junge, der vielleicht zwölf Jahre alt sein mochte, hielt einen kleinen schwarzen Mops in den Händen und strahlte über das ganze Gesicht.

*

Der kleine schwarze Mops, der in seinem kargen Käfig neben weiteren Käfigen mit Mopswelpen stand, schaute zu dem Lieferwagen herüber, mit dem er auf diesem Parkplatz angekommen war. Sein Inhalt, die 15 Käfige, wurde auf mehrere PKWs verteilt, die an verschiedenen Stellen des Parkplatzes standen. Jeder Standort mit einer Hunderasse. Französische Bulldoggen, Labradore, Pudel und Möpse.

Den vielen Leuten, die diesen Parkplatz bevölkerten, wurde erklärt, dass die drei jungen Mopswelpen alle von einem Wurf stammen. Viele Augenpaare sahen sie an, aber das Hauptaugenmerk der Kaufinteressenten galt nicht den beiden beigen Möpse, sondern dem Schwarzen. Obwohl doppelt so groß wie die Hellen, da er ja auch doppelt so alt war, behauptete der Verkäufer, die drei Hunde wären Geschwister. Es dauerte auch nicht lange, bis das kleine schwarze Kerlchen den Besitzer gewechselt hatte. Eine Familie zeigte Interesse und nachdem der Verkäufer dem Vater versicherte, dass die Elterntiere mehrere Landestitel auf Ausstellungen errungen hatten und dieser stramme Bursche demnächst bestimmt erstklassige Welpen zeugen würde, war der Deal perfekt, Familie Kovac hatte sein neues Familienmitglied, und Jiri hielt den kleinen Kerl stolz in die Luft.

*

Gerade als Torben von dem Welpenverkauf ein Foto machen wollte, packte ihn jemand grob an die Schulter. Dass das nicht Ben oder Tina waren, wurde ihm durch die Art und Weise der Berührung klar. Er wirbelte herum und schlug gleichzeitig die Hand von seiner Schulter. Dann schaute Torben einem Typen ins Gesicht, der zwar gleichgroß war, aber so hager und ausgemergelt, dass man ihm aus Mitleid fast ein Brot zu essen angeboten hätte.

Trotz seines mitgenommenen Gesichtes, das an einen in die Jahre gekommenen Preisboxer erinnerte, schätze Torben das Alter des Mannes auf etwa dreißig Jahre. „Hier ist Fotografieren verboten", zischte der Typ ihn an. Der Atem roch nach Knoblauch und Zigarette. „Wer behauptet denn, dass ich fotografiere?" Torbens Stimme war leise, aber so voller Anspannung, dass die Worte förmlich raus gepresst wurden. Er war auf alles vorbereitet. Auf einen Kopfstoß seines Kontrahenten, sowie auf jegliche Handgreiflichkeit. Sein Handy hatte er noch in der Hand und während es langsam wieder in die Hosentasche verschwand, ließ der Aufpasser seine mit Gold überkronten Zähne durch ein Lächeln zum Vorschein kommen. „Du willst mir doch nicht erzählen, dass dein Schwanz am Telefonieren ist." Ihre Nasen berührten sich nun fast. Torben war so auf seinen Gegenüber fixiert, dass er weder Markt noch Leute wahrnahm. Auf jedes Zucken würde er sofort reagieren. Erst ein schäbiges Lachen hinter dem Typen holte ihn zurück auf den Wochenmarkt. Er schaute an dem vermakelten Kopf vorbei auf den dahinter stehenden Mann, der genauso verhauen aussah. Dann bemerkte Torben, wie die Männer hinter den Ständen in den Vordergrund rückten. Wäre Tina nicht mit dabei, würde er den Kerl auf links ziehen und seinen Kumpel gleich mit, aber so.

„Ihr Drei habt Platzverbot." Die Worte des Goldzahnträgers klangen nun so nüchtern, als hätten sie nichts zu bedeuten. „Verschwindet hier, sofort!" Das sofort sprach er so scharf aus, dass ihm Speichel aus dem Mund spritzte. Tina packte Torben am Arm. „Lass uns gehen." Sein Blick klebte noch einen Augenblick an dem Aufpasser, während er Tina folgsam gehorchte. Auch von Ben, der hinter den Beiden stand, ließ er sich leicht in Richtung des Hauptausgangs schieben.

*

Während Katerina Kovac den schwarzen Mopswelpen auf den Arm nahm, um ihn vom Parkplatz zu tragen, schaute Helena zu der Auseinandersetzung hinüber, die sich 30 Meter weiter abspielte, wurde aber von ihrem Bruder nach vorn geschubst. „Träum nicht." Sie gingen in Richtung des Lieferwagens, aber das eigentliche Ziel war wohl ein Kleinwagen, der außerhalb des Parkplatzes stand.

Als man den kleinen Mops in den Kofferraum in einen winzigen Käfig steckte und die Klappe zugeschlagen wurde, war es wieder dunkel und still. „Na ja, auf welcher Weise ich zurück zu meiner Mutter komme, ist ja egal", dachte sich der kleine Welpe, „Hauptsache ich kann mich heute Nacht wieder an sie kuscheln." Er rollte sich ein, während in Chodov eine nicht mehr gebrauchte Mopshündin über ein Gatter den Schweinen vorgeworfen wurde.

*

Torben war stinksauer. Das war ja komplett in die Hose gegangen. Am Eingangsbereich wurden sie von zwei weiteren Aufpassern in Empfang genommen. Sie gehörten augenscheinlich zu den beiden Typen am Hundestand, die nun hinter ihnen hergingen, denn sie hatten auch diese billig wirkenden schwarzen Lederjacken an. Der Goldzahntyp und sein Kollege blieben jetzt zurück, als die drei Frydoks das Gelände verließen. Allerdings folgten ihnen nun die beiden neuen Lederjacken, bis sie ins Auto stiegen und den Parkplatz verließen. Im Wagen herrschte mehrere Minuten Stille, bis Tina zaghaft fragte: „Und die Flyer?" Torben bremste abrupt ab. „Mann Tina, gut dass wir dich dabei haben." Er wendete den Wagen und fuhr wieder Richtung Bauernmarkt.

Als das erste Hinweisschild des Marktes auftauchte, hielt Torben den Wagen rechts am Rand an. „So Ben, fang du mit den Plakaten an, und komm in unsere Richtung! Wir verteilen die Flyer und nehmen dich dann wieder mit." Tina klopfte Ben vom Rücksitz auf die Schulter, dann stieg er aus, holte aus dem Kofferraum Plakate, Hammer und Nägel und fing sofort mit der ersten Botschaft der Frydoks an.

Torben fuhr am Parkplatz und am Eingang zum Bauernmarkt vorbei, wendete und steuerte nun seinen Lexus an den rechten Straßenrand auf Höhe des Parkplatzes. Er holte den Stapel mit den Flyern aus dem Kofferraum, drückte Tina einen Stapel in die Hand und machte sich dann selbst dran die Zettel hinter die Scheibenwischer zu klemmen. Tina ging direkt auf die Leute zu, drückte ihnen einen Flyer in die Hand und bat drum, keine der Hundewelpen zu kaufen.

Es dauerte keine zehn Minuten und die vier Aufpasser vom Marktgelände kamen angerannt. Torben rief mit gelassener Stimme Tina zu, dass sie wohl aufgeflogen seien. Da die Vier aber zu einem BMW liefen, der in der Nähe des Eingangs stand, war wohl eher Ben aufgeflogen und das war nicht gut, da er diesen vier Schlägern kaum etwas entgegenzusetzen hatte. An ihrem Wagen angekommen, stoppen die Vier und schauten zum Parkplatz herüber, wo sie nun Torben entdeckt hatten. Zwei Lederjacken rannten sofort in Richtung Parkplatz, die anderen Beiden stiegen in den BMW und rasten mit durchdrehenden Reifen los. Vorbei an dem silbergrauen Lexus in Richtung Ben, der von der herannahenden Gefahr nichts ahnte.

Torben ging den Angreifern entgegen und während er den Schwung des ersten nutzte, um ihn gleich über das nächste parkende Auto zu werfen, stoppte er den zweiten mit einem direkten Schlag ins Gesicht. Tina, die näher zum Lexus stand als Torben, hatte den Wagen schon erreicht. Die Flyer hatte sie in die Luft geschmissen und diese wurden vom Wind passend verteilt. Torben machte es ihr gleich, schmiss die restlichen Zettel hoch in die Luft und rannte dann auch zu seinem Auto.

Während er einstieg, konnte er in einigen hundert Meter Entfernung schon den Wagen der Schläger auf der linken Straßenseite sehen. Mit Schrecken sah er auch, wie zwei Männer auf eine am Boden liegenden Person einschlugen. Torben ließ den Motor aufjaulen und raste auf die Kampfstelle zu. Er drückte immer wieder die Hupe in der Hoffnung, dass die Typen von Ben abließen. Es dauerte nur einige Sekunden, bis sie den BMW und die Männer erreichten.

Torben sprang aus dem Lexus, schrie Tina noch zu, dass sie im Wagen bleiben solle und rannte auf die beiden Männer zu, die den schwer verletzten Ben am Wegrand liegen ließen. Beide waren mit Schlagstöcken bewaffnet. Die ersten Schläge musste Torben einstecken, dann riss er aber die Beiden um und alle drei schlugen neben den im Gras liegenden Ben auf. Ben rührte sich nicht. Ein Schlagstock flog beim Aufprall weg, den anderen zerrte Torben dem Kerl, der auf dem Markt so blöd gelacht hat, aus der Hand und schmiss ihn ebenfalls weg. Von Ben hörte man ein leichtes Stöhnen, und Torben sah, wie sein blutverschmierter Freund versuchte sich aufzurappeln. Mittlerweile hatte nun einer der Angreifer Torben im Würgegriff und der andere schlug ihm mehrfach in den Bauch. Die Schläge machten ihm nicht viel, aber der Typ mit dem Würgegriff verstand sein Handwerk. Torben merkte, wie ihm immer mehr die Luft wegblieb. Auch die Schläge machten sich nun bemerkbar.

Panik breitete sich in Torben aus, und seine Augen quollen ihm immer mehr aus dem Kopf, als mit einem Mal der Typ vor ihm zusammensackte. Ben stand mit dem Hammer direkt da hinter. Für einen Schlag reichte es, dann fiel auch Ben wieder zurück auf die Erde. Torben ließ sich ruckartig zu Boden fallen und entglitt so dem Würgegriff. Anscheinend hatte er auch das Glück, dass sein Peiniger durch Bens Aktion kurzfristig abgelenkt war. Er rollte sich nach links und lag jetzt Seite an Seite neben Ben und dem niedergestreckten Schläger. Es sah fast so aus, als würden sich die Drei sonnen. Bei dem Versuch des verbliebenen Angreifers einen Schritt in Torbens Richtung zu machen, trat dieser ihm mit ganzer Kraft zwischen die Beine. Mit einem jämmerlichen Geräusch sank der letzte Angreifer auf die Knie, dann fiel er um.

Auch Torben ließ sich wieder zurückfallen, erst als er Tina schreien hörte, blickte er auf und sah die beiden Kerle vom Parkplatz in ihre Richtung rennen. Torben packte den bewusstlosen Ben unter den Armen und schleifte ihn an dem BMW vorbei zu seinem Wagen. Wie einen Kartoffelsack wuchtete er ihn auf die Rücksitzbank und stieg vorne ein. Tina saß schon auf dem Beifahrersitz und schrie hysterisch, dass er endlich losfahren solle. Mit quietschenden Reifen spurtete der Lexus los. Die ersten dreißig Meter eher schlingernd.

Torben fasste sich an seine Kehle und konnte den Wagen kaum auf der Straße halten. Mit schwacher Stimme warnte er: „Die holen uns eh gleich ein." Tina grinste und hielt ihm einen Autoschlüssel mit BMW-Emblem vor die Nase. „Aber nicht zu Fuß." Ben, der sich auf der Rücksitz-

bank wieder halbwegs erholt hatte, grinste Torben mit blut-
verschmiertem Gesicht durch den Rückspiegel an. „Denen
haben wir es aber gegeben."

5. Beobachtet

Torbens Vermutung, die Demo gegen Peters Pet-Shop würde auf Seite 5 der örtlichen Tageszeitung landen, traf nicht ganz zu. Noch am gleichen Abend wurde in den Nachrichten mehrerer Fernsehsender von den Ausschreitungen in Göttingen berichtet. Der Grund war recht einfach, die sechs vermummten Chaoten hatten gut die Hälfte der restlichen Demonstranten wie eine Lawine mitgezogen und letztendlich bedurfte es einer Hundertschaft, um die Lage unter Kontrolle zu bringen. Es wurden einige der Beamten verletzt und vier der sechs Vermummten konnten festgenommen werden. Die beiden anderen waren flüchtig. Die Personalien der Demonstranten, die sich nach Beginn der Ausschreitungen nicht zurückgezogen hatten, wurden aufgenommen und Platzverweise ausgesprochen.

Die Fernseh-Interviews, die am folgenden Tag vor Peters Pet-Shop mit Passanten geführt wurden, verbargen durch die Kamerastellung nicht den grünen Schriftzug auf der Schaufensterscheibe. „Frydoks" war nicht zu übersehen. Ein Schmunzeln machte sich auf Torbens Gesicht breit. Als das Klingeln seines Handys fast schon vorwurfsvoll klang, war ihm klar, dass das nur Luna sein konnte. Aber anstatt Vorhaltungen kam von ihr ein wahrer Lobgesang herüber. „Wir sind in den Nachrichten" wiederholte sie immer wieder.

Dann wechselte in den Nachrichten die Szenerie. Es wurde ein frisch gestrichenes Haus gezeigt, an dessen Fassade der gleiche grüne Schriftzug zu sehen war wie bei Peters Pet-Shop: „Frydoks". Beamte führten zwei Personen ab. Einen langen Dünnen und einen kleinen Dicken. Hinweise aus der Nachbarschaft und vor allem der Schriftzug führten zu dieser Adresse. Laut Pressesprecher der Polizei wurden die beiden jungen Männer zur Befragung auf das Revier gebracht. Dort sollte geklärt werden, ob es sich bei den Personen um die beiden geflohenen Vermummten von der Ausschreitung am Vortag handelte und in welchem Zusammenhang sie zu dem Begriff „Frydoks" stehen.

Während Torben das ganze Schauspiel mit Humor nahm und schon fast gekränkt war, dass ihr Name mit den beiden Vollpfosten in Verbindung gebracht wurde, verfolgte in einer kleinen schäbigen Wohnung in Dresden-Gorbitz eine Frau die gleiche Nachrichtensendung. Ihr Blick war eiskalt und versteinert. Er wechselte vom Fernsehgerät zum Display des Handys, das in ihrer Hand lag. Sie suchte unter ihren Kontakten einen bestimmten Namen und schaute dann wieder zum Fernseher. Noch zögerte sie, die Taste mit dem Telefonhörer zu betätigen. Ihr Blick wanderte wieder auf das Handydisplay. Immer wieder las sie die Nummer und den Namen der darüber stand. Igor Toschenko.

*

Igor Toschenko hasste es, wenn er sich um alles selbst kümmern musste. Wofür bezahlt er denn seine Angestellten, wenn alle Entscheidungen erst von ihm abgesegnet werden mussten. Allerdings ärgerte es Igor noch mehr, wenn seine Leute zu eigenmächtig handelten. Das Mittelmaß dieser Gratwanderung hinzubekommen schafften nicht viele. Und die, die dazu in der Lage waren, standen hoch in seiner Gunst.

Die einzige Person, die sich bei Igor fast alles herausnehmen konnte, war Vitali. Obwohl grundverschieden, zogen beide immer am gleichen Strang. Aber war das wirklich so. Im Alter von acht Jahren zog der Halbwaise Vitali bei den Toschenkos ein, da die Mutter sich nicht mehr um ihn kümmern konnte. Nicht das die Toschenkos ein großes Herz hatten, aber da Vitali damals großen Mut zeigte und dem kleinen Igor Toschenko das Leben rettete, stand er hoch in der Gunst des damaligen Genossen. Vielleicht wünschte sich Joseph Toschenko auch nur einen Sohn wie Vitali. Einen Kämpfer, der sich jeder Gefahr stellte, halt einen richtigen Jungen.

Igor vergötterte Vitali, da er nun jemanden hatte, der mit ihm täglich Schach spielte. Vor allem aber schützte er ihn vor den anderen Kindern. Igor wurde nun von ihnen mit Respekt behandelt. Aber Igor war auch nicht dumm und da er von Vitalis Liebe zu Hunden wusste, unterließ er jegliche Versuche, die Vierbeiner zu triezen.

Auch wenn Vitali ihn heute besuchte, hatte er wieder das Gefühl von Geborgenheit und Sicherheit. Dieses Gefühl allein reichte aus, um Vitali und sein Projekt zu unterstützen. Ein Projekt, das im Grunde die andere Seite der Medaille zeigte. Auf einer Seite Igor Toschenko, der Hundehändler, auf der anderen Seite Vitali, der Tierschützer. Bei jedem anderen würde er bei dem Begriff „Tierschützer" ausspucken.

Waren sie doch in seinen Augen naive Trottel, die mit Plakaten dastehen und demonstrieren und hunderte von Euros in die Rettung von Straßenkötern stecken.

Igor wusste, dass Vitalis Verbundenheit zu ihm sofort enden würde, wenn der von seinen wahren Gedanken und seinem Handeln wüsste. Und dann wäre sein Leben nichts mehr Wert.

6. Der Tierarzt

Tina wohnte noch bei ihren Eltern in Nürnberg. Mit 24 Jahren war das zwar nicht ungewöhnlich, aber wenn es nach ihr gehen würde, wäre sie schon lange ausgezogen. Bis ins Jugendalter musste sie am Klavier spielen, wenn Besuch da war. Der ganze Stolz der Eltern. Und was sie nicht alles kann. Und was sie nicht alles werden möchte. Teilweise wusste Tina selbst nicht einmal etwas davon.

Tinas Vater war ein erfolgreicher Humanmediziner, Dr. Siegfried Bassman, dessen Name nicht nur in der Region bekannt war. Sein Wunsch war, dass Tina nach absolviertem Medizinstudium irgendwann seine Praxis übernehmen sollte. Er hatte das Ganze schon bis ins kleinste Detail geplant und erklärte es auch jedem Gesprächspartner. Lediglich Tinas Mutter bemerkte den Widerwillen, der bei ihrer Tochter aufkam, wenn dieses Thema zum Gespräch wurde.

Auch an diesem Tag war wieder einmal Besuch bei Tinas Eltern. Mit seinen fast zwei Metern und bestimmt 140 Kilo stand da schon ein strammes Kerlchen. Die Lockenpracht und der Vollbart rundeten das ganze Erscheinungsbild ab. Aber anstatt in Diensten einer Sicherheitsfirma oder einer Rockergruppe fand dieser Herr seine Bestimmung ebenfalls in der Medizin. Er war ein ehemaliger Kommilitone vom Herrn Papa. Sein Name war Frank Zodec, und im Gegensatz zu Dr. Bassmann zog es ihn in Richtung Tiermedizin. Da er seine Tierliebe jedoch dem Gesetzbuch vorzog, durfte er in Deutschland nicht mehr praktizieren. Spätestens nach der Einschläferung eines Hundes gegen den Willen der Halter, hatte er den Bogen überspannt. Dass sich das Tier durch die Krebsgeschwüre in der Lunge bei jedem Atemzug quälte, war vor der Ärztekammer und dem Gericht ohne Bedeutung. Es hatte im Vorfeld zu viele Beschwerden über Dr. Zodec gegeben. Beleidigung und Amtsanmaßung waren zwei der häufigsten Anschuldigungen, und irgendwann musste gehandelt werden. Also zog er ins tschechische Pilsen, den Geburtsort seiner Mutter. Dort behandelte er nicht nur Nachbars Hund und Katze, er renkte zur Not auch Pferde ein. Und sagen lassen ließ er sich immer noch nichts.

Nun war Frank Zodec zu Besuch in seiner früheren Heimat und musste auf jeden Fall bei seinem alten Kumpel vorbeischauen. Tina, die in ihrem Elternhaus eine gesamte Etage bewohnte, kam zu den Mahlzeiten immer gern zu den Eltern herunter und natürlich winkte der Vater sie gleich ins Wohnzimmer, wo er mit seinem Gast eine Tasse Kaffee trank. Tina war über das Erscheinungsbild von Vaters Besuch etwas erstaunt. Sie wäre nie auf die Idee gekommen, dass der Herr Papa auch jemand kannte und vor allem in sein heiliges Wohnzimmer ließ, der vom Aussehen und des Gestikulierens definitiv nicht zur „Upper Class" gehörte. „Angenehm." Zu mehr reichte es bei Tina nicht, denn sie wusste, dass nun das übliche Prozedere begann, wenn Besuch da war.

Während Vater die nähere Zukunft seiner Tochter erklärte, starrte diese nur auf den eingeschalteten Fernseher. In den Nachrichten wurde eine Reporterin gezeigt, die in Göttingen ein älteres Ehepaar interviewte.

Frank Zodec beobachtete Tina und äußerte sich zu der Demo und den darauffolgenden Ausschreitungen. Er bemerkte sofort die abwesende und angespannte Haltung von Tina, die ihrerseits die Worte des Tierarztes gar nicht wahrnahm. Tina sah auch weder die Reporterin noch die beiden Passanten, denen unbedingt ein spektakuläres Statement entlockt werden sollte. Sie sah nur den grünen Schriftzug, der quer über die Schaufensterscheibe gesprüht war.

Mit einem Grinsen verließ sie das Wohnzimmer, in dem ihr Vater sprachlos und mit offenem Mund saß. Frank Zodec, der, nachdem er seinen Blick von der entschwindenden Tina auf den Bildschirm richtete, fiel der grüne Schriftzug auch sofort ins Auge. Er las den Namen und wiederholte ihn in seinem Inneren immer wieder. „Frydoks"

Tinas Vater, der gerade seine Sprache wieder gefunden hatte und sich tausendmal bei seinem Gast über dieses Benehmen entschuldigte, erstarrte wieder sprachlos und mit offenem Mund, als auch Frank Zodec aufstand und den Raum verließ.

Der Tierarzt folgte Tina, blieb aber kurz vor der Küche stehen, in der Tina mit dem Handy am Ohr stand. Da sie mit dem Rücken zur Küchentür stand, bekam sie nicht mit, dass sie außer Torben noch einen weiteren Zuhörer hatte. Tina war so aufgeregt, dass sie Torben gar nicht zu Wort kommen ließ. Sie war so begeistert, dass er schon direkt am ersten Tag eine Visitenkarte in Großformat hinterlassen hatte.

Als sie den Monolog beendete, hielt sie das Handy mit beiden Händen umschlossen vor ihrer Brust. Die Augen waren geschlossen und ein leises „Ja" kam über ihre Lippen.

Tina war so gedankenversunken, dass sie die erste Anrede von Frank Zodec gar nicht mitbekam. Erst, als er sie vorsichtig von hinten an der Schulter berührte und nochmals ihren Namen aussprach, wirbelte Tina erschrocken herum. Das Handy fiel zu Boden, konnte vor dem Aufschlag jedoch vom Tierarzt aufgefangen werden. Er hielt es Tina hin und sagte mit vorsichtiger Stimme: „Wir müssen miteinander reden."

*

Dr. Frank Zodec saß mit Tina in einem Café in der Nürnberger Innenstadt. Zwei Wochen hatte es gedauert, bis das Telefon von Dr. Zodec klingelte und Tina die Einladung zu einem Gespräch annahm. Nach dem damaligen Aufeinandertreffen in der Küche und der Frage nach dem Begriff „Frydoks" war Tina voller Panik mit den Worten „Davon weiß ich nichts" aus der Wohnung gerannt. Der Tierarzt hatte daraufhin nicht weiter nachgehakt und die Sache auf sich beruhen lassen. Erst einmal, denn er war sich sicher, dass schon bald sein Telefon klingeln würde.

Tina war es sichtlich unangenehm, dass durch ihr Verhalten der Erstbeste die Identität der Frydoks herausgefunden hatte. Dementsprechend vermied sie auch den Kontakt mit Torben und ließ sich am Telefon verleugnen. Ein paar Tage später stand Torben dann persönlich vor Tinas Haustür und anstatt eines erstaunten Gesichtes, welches er nun erwartet hatte, sagte Tina nur: „Da bist du ja, ich habe schon auf dich gewartet".

Die Beiden gingen in ihre Wohnung und setzten sich. Tina schilderte, was vorgefallen war. Sie redete und redete. Hauptsache, Torben kam nicht zu Wort, denn dann würde es ein Donnerwetter geben. Mitten in einem Satz unterbrach Torben dann ihren Redefluss. „Du hast Frank Zodec getroffen? Weißt du eigentlich, wer das ist?" Er stand auf und strich über seine Stoppel auf dem Kopf. Torben war sichtlich aufgeregt.

Es war schon gut zehn Jahre her, dass Dr. Frank Zodecs Degradierung das kurzfristige Hauptthema der örtlichen Medien war. Seine Aktion der eigenmächtigen Einschläferung des Hundes hat jedoch bei den Tierfreunden weit über die bayrische Landesgrenze hinaus Gehör gefunden. Einhellig wurde die Aktion als notwendige Sterbehilfe betrachtet und der Name Zodec war lange Zeit ein Begriff unter den Insidern. Torben setzte sich wieder auf den Stuhl und nahm Tinas Hände. „Wenn Frank Zodec sich für uns interessiert, dann haben wir schon was erreicht. Du musst unbedingt mit ihm in Kontakt bleiben!"

*

Dr. Frank Zodec wusste, dass Tina über kurz oder lang Kontakt zu ihm aufnehmen würde. Er war sich über seinen Ruf im Klaren, und da Gruppierungen wie die Frydoks in der Regel nicht nur aus einer Person bestehen und mit Sicherheit auch jemand dabei sein würde, der das Studentenalter bereits verlassen hat, musste sein Name dort für Aufmerksamkeit sorgen.

„Aufmerksamkeit", genau das war das Stichwort. Die Bevölkerung musste aufmerksam gemacht werden. Aufmerksam auf den ganzen Schwindel mit den Vermehrerhunden, den unmöglichen Bedingungen der Haltung und den tierverachteten Transporten. Das viele Hunde diese Strapazen nicht überleben, wird schulterzuckend in Kauf genommen. Und genau über diese Transporte wollte der Tierarzt Dr. Zodec mit Tina sprechen.

„Erzähl mir was über die Frydoks!" Trotz Torbens Begeisterung für den Tierarzt konnte Tina noch kein solches Vertrauen aufbauen, um alle Details ihrer Gruppe auszuplaudern. Sie rührte in ihrer Tasse herum und vermied den Augenkontakt mit ihrem Gesprächspartner. „Wir wollen Hunden helfen, sie aus misslichen Situationen befreien und den Menschen klarmachen, was Tierschutz bedeutet. Namen werde ich Ihnen aber nicht nennen."

Der Doktor gab Tina etwas Zeit, falls sie ihren Worten noch etwas hinzufügen wollte. Er nutzte diese Pause, um einen Schluck Kaffee zu trinken. „Ich kann euch Infos über Hundetransporte geben, die in Lieferwagen und LKWs durch Tschechien über die A6 Richtung Nürnberg und über die A17 nach Dresden fahren. Wie ihr die aufhaltet, ist eure Sache. Vielleicht ist bei euch die Polizei etwas aufmerksamer als bei uns und hilft euch dabei. Auf jeden Fall macht sich euer großer grüner Schriftzug auf den Seiten der Lieferwagen und LKWs gut in den Medien." Das Rühren in der Tasse endete und Tina schaute nun Dr. Zodec direkt in die Augen. Ihr Blick vermittelte Kampfbereitschaft. Die Frydoks hatten nun einen Informanten.

Dem Tierarzt gefiel dieser Gesichtsausdruck. Seine Mundwinkel zeigten ein leichtes Anzeichen eines Lächelns. Er streckte Tina seine Hand entgegen. „Lass uns mal das Förmliche ablegen. Ich bin Frank."

7. ein neues Zuhause

Der kleine schwarze Mops hatte sehr schnell begriffen, dass er nicht wieder zu seiner Mutter zurückkehren würde. Als er aus dem Kofferraum des Autos herausgeholt wurde, sah er eine komplett neue Welt. Hier gab es kein Grün und keine Bäume. Nur Beton und hohe Häuser.

Das Ehepaar Kovac, das den Mops gekauft hatte, erfüllte ihren Kindern Helena und Jiri den Wunsch, ein Haustier zu haben. Da sie nur in einer kleinen Wohnung wohnten, durfte dieser Hund natürlich nicht zu groß sein. Und da das Geld auch immer knapp war, sollte das gewünschte Tier ihnen auch nicht die Haare vom Kopf fressen. Ein Hintergedanke war jedoch auch, den Hund als Zuchtrüden zu benutzen. Entweder würden sie seine Dienste anbieten oder sich noch ein oder zwei Hündinnen anschaffen. Aber dafür reichte im Moment das Geld nicht aus. Die Kinder waren Feuer und Flamme und schworen, sich immer um den Hund zu kümmern. Jiri taufte seinen neuen Freund auf den Namen Pavel, was bei der Schwester nicht gut ankam. „Was für ein beknackter Name für einen Hund", erwiderte Helena. Die Eltern fanden „Pavel" jedoch Klasse und der Sohn war stolz, dass sein Vorschlag angenommen wurde.

*

Der erste Spaziergang mit dem kleinen schwarzen Mops war fast das Wochenend-Highlight der Familie Kovac. Fast, weil der liebe Herr Papa sich des Hundes schämte. Er gab es nicht zu, aber es war eindeutig. „Ein Mann braucht einen richtigen Hund. Einen stolzen Begleiter auf Augenhöhe und kein Kuscheltier, das im Kinderzimmer seinen Platz hat. Ende der Durchsage." Seine Frau Katerina musste so einige Male den Kopf über die Einstellung ihres Mannes schütteln, denn wenn er sich unbeobachtet fühlte, dann kraulte auch er den kleinen Mops oder kniete sich vor ihm hin, um „auf Augenhöhe" zu sein. Ganz entgegen seines Leitsatzes: „Ein Mann kniet nicht, ein Mann steht grade und fest wie ein Fels."

Katerina Kovac, die beiden Kinder Helena und Jiri, sowie der kleine Mops gingen auf der Hauptstraße in Richtung Park als ihnen Marisa, die Ehefrau eines Arbeitskollegen ihres Mannes, entgegenkam. Marisa war Feuer und Flamme von dem neuen Mitbewohner der Familie Kovac und ging sogleich in die Hocke um dem Welpen hinter den Ohren zu kraulen. „Das gibt es doch gar nicht, Katerina, ihr habt euch wirklich einen Mops gekauft? Das würde mein Mann nie zulassen, ein Hund und dann noch ein Mops." Mit einem ernsten Grinsen schaute sie zur Hundebesitzerin hoch und stellte sich dann wieder auf. Marisa buffte Katerina in die Seite. „Weiß Jakub was davon?" Sie musste lachen, denn es war im Bekanntenkreis allgemein bekannt, dass Jakub Kovac in der Regel das letzte Wort hatte. Nachdem wieder jeder seines Weges ging und Helena und Jiri sich drauf freuten, den kleinen Pavel ohne Leine laufen zu lassen, eilte Marisa nach Hause. Ihr brannte es unter den Nägeln, ihrem Mann diese Neuigkeit zu berichten.

*

Als Jakub Kovac am Montag seinen Arbeitsplatz betrat, bemerkte er schon ein paar grinsende Gesichter. Vielleicht bildete er es sich ja auch nur ein und normalerweise würde er mitgrinsen oder interessiert nachfragen, was der Auslöser der Heiterkeit ist. Aber heute war es anders. Seit dem Wochenende ist er Mopsbesitzer und seine Anfangseuphorie über schnellverdientes Geld durch reinrassige Hundewelpen ist schnell der Scham gewichen. Seine eigenen Vorurteile gegen diese Hunderasse holten ihn nun ein. „Das sind doch keine Hunde." „Sind die gegen die Wand gelaufen." „Bist du jetzt auch noch schwul?" Bis jetzt hat ihm noch keiner diese Sprüche an den Kopf geworfen. Aber er kannte sie nur zu gut, denn es waren seine eigenen Worte, wenn er sich mal wieder über jemanden lustig machte, der dieser Hunderasse verfallen war.

„Was guckst du so blöde?", herrschte er einen Kollegen an. Anstatt empört zu sein, brach dieser jedoch in Gelächter aus und zwei weitere stimmten mit ein. „Alles gut, es ist nichts", beteuerte der Mann mit Unschuldsmiene und versuchte, sein Lachen zu unterdrücken, obwohl ihm die Tränen liefen. Jakub kochte bereits jetzt und das, obwohl er keine fünf Minuten an seinem Platz war. Mit dem Ignorieren der anderen, versuchte er sich auf seine Arbeit zu konzentrieren.

Er bereute jetzt schon die Anschaffung des Mopses. Magengrummeln hatte der frisch gebackene Mopsbesitzer schon gestern Abend, als er seine Arbeitssachen bereitlegte und an seine Kollegen dachte, die, so wie er selbst auch, nur auf eine Gelegenheit warteten, um ihre Späße auf Kosten anderer zu machen.

Ohne jeglichen Appetit ging Jakub in die Frühstückspause. Schon beim Betreten des Sozialraumes spürte er die Blicke der anderen auf sich. Sein Fensterplatz, auf dem er immer saß, war heute besetzt, was eigentlich nicht dramatisch war, da es keine feste Sitzordnung gab. Aber gerade heute, das kam ihm schon sehr merkwürdig vor, zumal nur noch an der Innenseite der zu einem U aufgestellten Tische ein Platz frei war. Jakub setzte sich, und es kam ihm vor, als würde er nackt mittig auf dem Marktplatz sitzen.

Es herrschte eine angespannte Ruhe unter den gut 20 Kollegen im Raum, nur die drei Knalltüten von seinem Arbeitsplatz platzten fast in ihrer Ecke mit hochrotem Kopf. Zwischendurch entwich ihnen ein Geräusch aus den zusammen gepressten Mündern. Einige anderen schauten zu desinteressiert auf den Fußboden und wieder andere schauten Jakub Kovac direkt an. Das Ganze ging ungefähr eine Minute so, bis sich eine Stimme erbarmte und mitleidsvoll fragte: „Wirklich ein Mops?" Die drei in der Ecke brüllten los. Wie befreiend konnte lachen sein, Tränen liefen ihnen herunter und einer bekam kaum noch Luft. Es mischte sich jetzt das Gelächter von weiteren Kollegen dazu, welches aber eher dem Anfall der drei Spaßvögel galt und nicht dem Einzug eines Haustieres bei Jakub Kovac. Dieser sprang nun auf und stürzte aus den Raum. Ebenfalls mit hochrotem Kopf, aber den hatte er nicht aus Heiterkeit.

8. Die Kinder Igor und Vitali

Die Familie Toschenko war eine angesehene Familie in Kiew. Aber es war nicht nur Respekt, es war auch ein wenig Angst mit dabei, wenn man den Genossen Joseph Toschenko begegnete und ehrfürchtig grüßte. Diesen Respekt brachten die Kinder der Gegend dem Spross der Toschenkos aber nicht entgegen. Und Angst hatten sie schon gar nicht vor ihm.

Der junge Igor Toschenko war ein kleines dickes Kind, dem schon auf die Stirn geschrieben war „Bitte ärgert mich." Er brachte alles mit, um bei den anderen Kindern als Außenseiter zu gelten. Er hatte genügend zu essen, was man ihm auch ansah, er konnte weder auf Schlittschuhen laufen, noch konnte er Fußball spielen, dafür aber Schach und Klavier, was ihm noch größeren Spott einbrachte. Igors größtes Manko war jedoch, dass er als hinterlistiger Feigling bekannt war. Tiere quälen machte ihm schon immer Spaß. Natürlich nur, wenn sie sich nicht wehren konnten. Auch kleinere Kinder ärgerte er gerne. Wobei er selbst dabei lieber kontaktlose Aktionen bevorzugte, wie Spielzeug zerstören und Ähnliches.

*

Vitali Braschev war das genaue Gegenteil von Igor Toschenko. Ein kleiner hagerer Bursche, der mit seinen acht

Jahren schon mehr erlebt hatte, als so manch ein Erwachsener. Er lebte mit seiner Mutter und seiner älteren Schwester in einer kleinen heruntergekommenen Wohnung. Seit dem Tod seines Vaters vor vier Jahren ist er auf sich selbst gestellt, da die Mutter das Trinken anfing und Vitali gänzlich vernachlässigte. Sie gab ihm die Schuld am Tod seines Vaters. Vitali war im Grunde nur zum Schlafen zu Hause oder wenn er etwas zu Essen aufgetrieben hatte, in der Hoffnung, ein nettes Wort von seiner Mutter zu hören. Passiert war das noch nie.

Für seine hagere Gestalt war Vitali äußerst stark, und er war ohne Skrupel. Kämpfe mit anderen Kindern gewann er immer, auch die gegen ältere. Das lag aber weniger an seiner Kraft als mehr an seinen Tricks. Trotz alledem zog er sich bei Streitereien eher zurück, anstatt seinen Gegner fertigzumachen. Und genau das brachte ihm bei den anderen viel Respekt ein. Wenn er mit den anderen Jungs am Bolzen war, dann lebte Vitali richtig auf. Vergessen war die Vergangenheit und auch die Gegenwart mit seiner Mutter. Seine einzigen Freunde waren aber die vielen wilden Hunde, die in den Straßen lebten oder die sich im Park ein sicheres Plätzchen suchten.

Es gab jedoch eine Sache, die für ihn alles Bedeutete, und die er für sein Alter perfekt beherrschte. Das war das Schach spielen. Mit sechs Jahren hatte er den Alten im Park zum ersten Mal beim Schachspielen zugeschaut. Vitali wurde auf einen der Männer aufmerksam, der einen Lederbeutel bei sich trug. Der Junge fragte sich, was wohl der Inhalt sei und folgte Mann und Beutel bis zu einem Platz, wo bereits eine weitere Person im gleichen Alter an einem

Tischchen saß. Auf dem Tisch lag bereits ein Holzbrett, und als der Mann das Säckchen öffnete und den Inhalt auf dem Brett aufbaute, sah Vitali zum ersten Mal Schachfiguren.

Da er ein stiller Zuschauer war, duldeten die Alten den kleinen dünnen Burschen, der zu Beginn staunend und dann irgendwann konzentriert zuschaute und sich scheinbar jeden Spielzug einprägte.

An einem kalten, sonnigen Novembertag machte sich Vitali wieder auf den Weg zum Park. Er ging dort gerne hin, denn der Weg führte an einem Grundstück vorbei, das von zwei großen Schäferhunden bewacht wurde. So einen Ähnlichen hatten sie damals auch gehabt. Boris, ein Schäferhund-Mischling. Seit Vitali zurückdenken konnte, war der Hund immer in seiner Nähe. Nicht beim Vater, nicht bei seiner Mutter und schon gar nicht bei seiner Schwester, sondern nur bei ihm. Jedes Mal sprach er mit den beiden Schäferhunden und erzählte ihnen von Boris. Und immer verließ Vitali die Beiden mit trauriger Miene, denn jedes Mal kam dieses Bild in ihm hoch. Das Bild von Boris, der erschlagen neben seinem sterbenden Vater lag.

Keine Hundert Meter weiter war ein kleiner Spielplatz. Im Grunde war es lediglich ein Sandloch mit ein paar Bäumen drum herum. Oftmals kletterte er, sehr zum Erstaunen der anderen Kinder, dort hinauf. Manchmal nur, um sich so frei wie ein Eichhörnchen zu fühlen. An diesem Tag allerdings interessierte ihn eine kleine Menschentraube mehr als die Sandkuhle und die Bäume. Sie umringte einen alten Mann, der auf dem Weg zusammengebrochen und anscheinend tot war. Daneben lag ein Lederbeutel, und Vitali erkannte daran einen der alten Schachspieler, denen er immer zuschaute. Vitali ging unbeeindruckt auf den Toten zu. Seitdem er seinem Vater beim Sterben zuschauen musste, war der Tod anderer Menschen für ihn uninteressant. Allerdings hatte der Lederbeutel seine ganze Aufmerksamkeit und so geschickt wie auch unauffällig kniete er sich neben den Toten hin und schnürte sich seinen Schuh neu. Als er weiterging, standen die Leute nach wie vor um den Toten, nur der Lederbeutel, der lag nicht mehr neben dem alten Mann.

Als Vitali das Tischchen mit dem Holzbrett im Park erreichte, setzte er sich auf den Platz des Toten. Der Junge, dem man die Gesichtszüge eines Erwachsenen nachsagte, schaute den verdutzten alten Mann, dem er nun gegenübersaß, an und sagte nur: „Ihr Spielpartner kommt nicht mehr. Wenn sie erlauben, übernehme ich seinen Platz."

*

Igor Toschenko kannte auch die beiden Schäferhunde am Sandplatz. Allerdings hatte er ein anderes Verhältnis zu den Tieren als Vitali Braschev. Igor liebte es, die beiden eingesperrten Tiere, die sich nicht wehren konnten, zu ärgern. Um die Straßenhunde machte er immer einen großen Bogen, und das so frühzeitig, dass sie seine Angst erst gar nicht riechen konnten. Zwischen den Schäferhunden und ihm war jedoch ein hoher Holzzaun, und das gab Igor ein Gefühl der Macht. Nur vor ihrem Besitzer musste er sich in acht nehmen. Schon einige Male hatte dieser mitbekommen, wie seine Hunde von dem Rotzlöffel mit einem Stock durch den Zaun drangsaliert wurden. Der Mann nannte Igor auch direkt bei seinem Namen, um ihm zu zeigen, dass er wusste, wer er sei, und dass es ihm egal ist, wer der Vater von solch einem verzogenen Bengel ist.

An einem warmen Augustnachmittag im Jahre 1953 fasste der Hundehalter einen fatalen Plan, als er von Weitem schon diesen reudigen Igor Toschenko entgegenkommen sah, in dessen Hand locker ein Stock wippte.

*

Zeitgleich beendete Vitali siegreich eine Partie Schach gegen den Mann, der bestimmt siebzig Jahre älter war, und der an diesem Tag wie immer, seit er gegen den Jungen spielte, eine halbe Wurst als Siegprämie mitgebracht hatte. Vitali mochte diesen Mann. Nicht nur wegen der Würste, aber durch zwei Weltkriege, die er überlebt hatte, gezeichnet, strahlte der Alte die gleiche Verbitterung aus wie Vitali.

Als sich der junge Braschev mit seiner gewonnenen Wurst auf den Weg nach Hause machte und insgeheim auf ein Lob der Mutter hoffte, bekam er von Weitem schon mit, wie ein dickes Kind schreiend in Richtung Spielplatz rannte. Hinter dem Kind erkannte Vitali die beiden großen Schäferhunde.

*

Igor Toschenko dachte sich gar nichts dabei, wenn er die Hunde ärgerte, das gehörte für ihn zum Tag wie Sonnenaufgang und Sonnenuntergang. Und genauso wenig dachte Igor sich etwas dabei, wenn er, wie auch heute, den Fußweg in

Höhe des Sandplatzes verließ und durch die Sandburgen der spielenden Kinder schritt.

Als er wieder auf dem Weg war, sah er schon die beiden Hunde hinter dem Zaun. Igor äffte einen Hund nach und schlug dann mit dem Stock vor den Zaun. Verwundert verfolgte er die Hunde, als diese am Zaun entlang wegliefen. Sein Blick überholte die Hunde und stoppte bei der offenen Gartentür. Im Bruchteil einer Sekunde wusste Igor was ihm jetzt blühte. Er ließ den Stock fallen, drehte sich um und lief schreiend in Richtung Sandplatz, während die Hunde durch die Tür auf den Gehweg sprangen und die Verfolgung des flüchtenden Jungen aufnahmen. Igors Ziel war der Spielplatz, in der Hoffnung, dass die Hunde von ihm abließen und sich eins der anderen Kinder vornahmen. Kurz bevor er den Sandplatz erreichte, rammte ihn etwas von hinten und er schlug der Länge nach auf die Steine. Das Brennen der aufgeschürften Hände und Knie spürte er nur kurz, es wurde abgelöst von Schmerzen, die Igor so noch nie erlebt hatte. Spitze Zähne, die sich in seinen Arm und in seinen Hintern bohrten, ließen ihn markerschütternd schreien.

*

Vitali rannte nun los. Ihm war klar, dass der Junge keine Chance mehr hat, wenn er erst fiel. Aber hatte er überhaupt eine Chance? Vitali schrie: „Lauf", als einer der Schäferhunde zum Sprung ansetzte, um den kreischenden Igor zu Fall zu bringen.

Die anderen Kinder liefen schreiend zu ihren Eltern, die daraufhin mit ihren Sprösslingen das Weite suchten.

Vitali sah, wie die beiden Hunde den Jungen bissen, und er hoffte, dass er sie mit seiner Blutwurst irgendwie ablenken könnte. Als er einem der Hunde die Wurst hinhielt, biss der andere ihm direkt in den Arm. Mit einem Aufschrei ließ Vitali die Wurst fallen. Die Schäferhunde ließen von den beiden Jungen ab und stritten nun um die Wurst. Vitali packte mit seinem heilen Arm den wimmernden Igor und zerrte ihn zu den Bäumen. „Auf den Baum, sonst bist du tot!" Er schob den dicken Igor am Baumstamm hoch. Vitalis Arm brannte und er war froh, dass die ersten Äste in einer erreichbaren Höhe begannen. Irgendwie schaffte es Igor, sich auf den ersten Ast zu stellen und sich an den Stamm zu klammern, während Vitali trotz seines verletzten Arms ohne Mühe auch den Baum hinaufkletterte. Igor war leichenblass und zitterte am ganzen Körper. Die beiden Hunde hatten die Wurst ziemlich schnell verschlungen und umkreisten nun knurrend den Baum. Erst der Pfiff des Hundebesitzers erlöste die beiden Jungen aus ihrer brenzligen Situation.

*

Die herbei gerufene Polizei kümmerte sich um die Jungen und forderte einen Rettungswagen an. Noch bevor der Notarzt den Spielplatz mit den verletzten Kindern erreichte, traf Igors Vater, der von Augenzeugen benachrichtigt wurde, zusammen mit zwei weiteren Männern ein. Joseph Toschenko hielt sich mit seinem Mitleid dem Sohn gegenüber zurück, er wollte nur Fakten haben und wissen, woher die Hunde kamen. Wenige Minuten später erreichten auch der angeforderte Arzt und zwei Sanitäter den Ort des

Geschehens und lösten die Ersthelfer mit der Versorgung der verletzten Jungen ab. Nachdem die Polizisten wenige Worte mit Igors Vater wechselten, verließen sie den Sandplatz. Die Begleiter des Genossen Toschenko machten sich auf den Weg zu dem Grundstück, das Igor beschrieb, während die Sanitäter den Jungen auf einer Trage zum Rettungswagen trugen. Von seinem Vater bekam er lediglich einen uninteressierten Blick. Als Vitali jedoch, begleitet von dem Arzt, an Joseph Toschenko vorbeiging, legte dieser ihm seine Hand auf die Schulter und fragte nach dem Namen. Vitali blieb stehen und sah dem Mann unsicher in die Augen. Er nannte nur seinen Vornamen und bekam ein „Danke" zu hören, dass tief aus dem Herzen eines besorgten Vaters kam.

Nachdem Vitali und der Arzt in den Krankenwagen stiegen, fuhr dieser zur Klinik. Die zwei Schüsse, die auf dem eingezäunten Grundstück fielen, konnten sie nicht mehr hören.

*

Während Vitali nach ambulanter Behandlung das Krankenhaus verlassen durfte und von einem Fahrer des Genossen Toschenko nach Hause gebracht wurde, musste Igor im Krankenhaus bleiben. Vitali ließ sich eine Straße vorher absetzen, um ungewollten Fragen aus dem Weg zu gehen. Dass sein verbundener Arm viel mehr Aufsehen erregen könnte, daran dachte er gar nicht. Vielleicht war ihm unbewusst auch klar, dass seine Mutter den Verband gar nicht bemerken würde.

*

Die folgenden Tage verliefen wie gewohnt. Wenn
Vitali nicht mit den anderen Jungs Fußball spielte, saß er auf
einem der Bäume am Sandplatz. Dem alten Schachspieler
musste er leider beichten, dass er die Figuren verloren hatte.
Vitali hatte sich zwar am Tag nach dem Hundevorfall auf die
Suche gemacht, aber einer von Toschenkos Begleitern hatte
den Lederbeutel mit den Schachfiguren gefunden und mit
der Vermutung, dass sie dem kleinen Igor gehörten, mitgenommen.

*

Es klopfte an der Tür, die so schäbig war wie das ganze herunter gekommene Gebäude. Nachdem niemand öffnete, obwohl man in der Wohnung jemanden reden hörte, wurde nun
die Faust zum Anklopfen benutzt, was deutlich mehr
brachte. Aus dem Reden wurden Schimpftiraden und die
Person, die nur so mit Kraftausdrücken um sich schmiss, näherte sich der Tür. Die Frau, die nun öffnete, war extrem
verwahrlost. Ihr Haar war fettig, und ihre Ausdünstungen
übelkeitserregend. „Was wollt ihr Pisser?" Dass die Frau,
betrunken war, erkannte man nicht nur an der Stimmlage.
Sie krallte sich an der Türzarge fest und ihr Blick fand keinen festen Punkt. Sie rülpste ekelerregend und begann dann
zu lachen. Die beiden in schwarz gekleideten Männer schauten die Frau unbeeindruckt an. „Wir suchen einen Vitali,
etwa acht Jahre, die Nachbarn sagten, er würde hier wohnen.
Sind sie die Mutter?" Die Stimmen klangen sachlich und

ohne Vorurteil. „Ich habe keinen Sohn." Vitalis Mutter wollte die Tür zu werfen, griff aber ins Leere und stürzte zu Boden. „Was hat der kleine Hurensohn wieder ausgefressen. Ein Nichtsnutz ist er, wie sein Vater." Die betrunkene Frau versuchte, wieder auf die Beine zu kommen, konnte aber nicht mit Hilfe der Männer rechnen, die unbeeindruckt vor der Wohnungstür verharrten.

Als sie den Lederbeutel in der Hand eines der Männer sah, wurden ihre Augen und auch die Stimme einen Tick nüchterner. „Ist das Vitalis Beutel? Das ist aber ein schönes Ledersäckchen. Was ist denn da drin?" Sie griff nach dem Beutel und beide Männer gingen einen Schritt zurück. Jetzt stand die Frau mit einem Satz auf. „Was soll das. Ich bin Vitalis Mutter, wenn das sein Beutel ist, dann können sie ihn mir geben." „Ist Vitali zuhause?" „Wer seid ihr? Was wollt ihr von meinem Sohn? Verschwindet!" Beide Männer drehten sich auf der Stelle um und gingen grußlos. Im Hintergrund schrie die Alte noch weiter. „Ihr Hurensöhne. Wenn ihr das Drecksbalg findet, dann nehmt ihn mit und macht mit ihm, was ihr wollt." Diese letzten Worte waren noch nicht ganz verhallt, als die beiden Männer plötzlich einem Jungen gegenüberstanden, der alle Worte der betrunkenen Frau mitbekommen hatte. „So redet sie immer, ist nichts Neues. Sie waren doch auch an dem Sandplatz, mit Igors Vater?" „Vitali?" Der Junge nickte. „Wir sollen dich zum Genossen Toschenko bringen, er möchte sich bei dir noch einmal für das mutige Eingreifen bedanken."

9. Die Transporte

Frank Zodecs Information war genial. Torben stand mit seinem Lexus auf dem ersten Autobahnparkplatz hinter der Grenze und wartete. „In ungefähr 15 Minuten müsste der Laster kommen, du kannst dich noch ein wenig entspannen." Tina nickte, ohne zu antworten. In ihrer Hand hielt sie eine DinA4-Seite, auf der drei verschiedene LKWs abgebildet waren. Sie verglich konzentriert die vorbei rauschenden Fahrzeuge mit ihrem Zettel. Torben blickte zu ihr herüber und wollte sich grade über ihr verkrampftes Verhalten lustig machen, als Tina aufschrie. „Das war er." Torben erschrak und hielt sich gespielt das Herz. „Bist du irre? Ich habe meine Herztabletten nicht dabei." Er schaute durch die Frontscheibe, sah aber nur noch das Heck des LKWs „Da war er, da war er. Fahr los!" „Man, komm runter, wir haben noch fast eine viertel Stunde." Tina kloppte mit ihrem Zeigefinger auf das mittlere Bild. „Scheiß auf die Zeit, der hier ist grade an uns vorbeigefahren. Bitte fahr, ich schwöre dir, dass dieser Laster an uns vorbeigefahren ist." Torben war sich unsicher, startete dann aber den Wagen und gab Vollgas. „Ist ja schon gut. Wenn er es nicht war, dann halten wir halt am nächsten Parkplatz und warten auf den Richtigen." Tina war jetzt so sauer, dass ihre Anfangseuphorie etwas verpufft war. Als wenn sie zu blöd wäre. „Fahr einfach."

Der LKW mit ungarischem Nummernschild fuhr vorschriftsmäßig mit 80 km/h auf der rechten Spur der Autobahn 6 von Pilsen in Richtung Nürnberg, und Torben brauchte nur ein paar Minuten, um ihn einzuholen. „Na, glaubst du mir jetzt?" Torben ignorierte die unnötige Bemerkung. Nachdem er sicher war, dass der LKW vor ihnen einer der Hundetransporter war, ließ er sich wieder zurückfallen und folgte ihm mit sicherem Abstand.

Tina hielt ihr Handy bereit, um die Autobahnpolizei zu benachrichtigen. Etwa 20 km vor Nürnberg wählte sie die Notrufnummer. Als sich am anderen Ende ein Beamter meldete, platzte es aus Tina nur so heraus. „Da werden Hunde in tierschutzwidriger Art und Weise transportiert. Wir sind auf der A6. Sie müssen den LKW anhalten!" Torben konnte nicht glauben, was er da hörte und schloss für einen Moment die Augen. Es war eine Mischung zwischen Entsetzen und Verzweiflung. Torben wusste, was nun folgen würde. Tinas Augen wurden immer größer und auch ihr Mund öffnete sich immer weiter, aber nicht, um weitere Infos ins Handy zu sprechen. Der Beamte am anderen Ende der Leitung hatte Tina anscheinend über die Bedeutung eines Notrufes aufgeklärt. Offenbar in einer Art und Weise, die Tina zu dem Schluss kommen ließ, dass dort kein Tierfreund mit ihr redete.

Nach dem Ende des unerfreulichen Telefonats herrschte Stille im Fahrzeug und man nahm nur das Motorengeräusch wahr. Torben sparte sich jedweden Kommentar, da er nicht noch Salz in die Wunde streuen wollte. Nach den ersten fünf Worten, wusste er, dass das Telefonat sehr lehrreich für Tina werden würde. Torben gab jetzt Gas und fuhr dicht zu dem Laster auf, überholte ihn und blieb auf Höhe der Fahrerkabine neben ihm. Durch sein geöffnetes Schiebedach schaute Torben zum LKW-Fahrer hoch und ließ sich anschließend wieder zurückfallen. Mit seinem Handy wählte er dann den Notruf. „Jetzt höre und lerne!" Den Spruch konnte Torben sich nicht verkneifen. Mit seinem Namen und seiner genauen Position begann er. Die anschließende Information über einen LKW mit abgefahrenen Reifen, der schlingernd mit überhöhter Geschwindigkeit über die A6 fährt, veranlasste die nächstliegende Station der Autobahnpolizei, sofort einen Streifenwagen loszuschicken. Durch die Aussage, dass der LKW-Fahrer immer wieder zusammensackt, was wohl auf Übermüdung zurückzuführen ist, ersparte sich Torben weitere Fragen.

Als wenige Minuten später ein Einsatzwagen der Autobahnpolizei mit Blaulicht an ihnen vorbeischoss und sich vor den LKW mit den vermeintlich vielen Hundewelpen setzte, musste Torben lächeln. Tina war total aufgeregt und wiederholte immer wieder „Bleib dran, bleib dran!" Am nächsten Parkplatz wurde der LKW von der Fahrspur geleitet und gestoppt. Torben hielt etwa fünfzig Meter weiter.

Während die Polizei die Fahrzeug- und Ladepapiere kontrollierte, schlenderten Tina und Torben in Richtung der Kontrollstelle. Torben filmte die ganze Aktion mit seinem Handy und Tina, die ihre Hand schon in ihrer Handtasche an einer Spraydose mit grüner Farbe hatte, freute sich darauf, den Schriftzug der Frydoks aufzusprühen. Sie war hoch motiviert und siegessicher.

Die Polizisten veranlassten eine Öffnung der Ladefläche, da die laut Ladepapieren geladenen Motorenteile bellten und fiepten. Durch die geöffnete Hebebühne und die zurückgeschobene Plane hatten Tina und Torben nun direkten Blick auf die Ladung. Unzählige Käfige mit Hundewelpen. Nebeneinander, übereinander. Die Tiere in den unteren Käfigen waren verschmutz durch die Notdurft der darüberstehenden Hunde. Manche waren hysterisch aufgedreht, andere lagen lethargisch auf dem Käfigboden. Und dann waren da noch die toten Welpen.

Von Tinas siegessicherem Auftreten war nichts mehr zu sehen. Sie war kreidebleich und Tränen liefen über ihr entsetztes Gesicht. Sie hätte mit allem gerechnet, aber nicht mit so viel Elend.

Als sich einer der Polizisten den Beiden zuwendete, um sie zum Weitergehen aufzufordern, konnte Tina dem LKW-Fahrer direkt in die Augen schauen. Torben packte sie blitzschnell am Arm, und zog sie in Richtung ihres Wagens, bevor sie etwas Unüberlegtes tat. Er zischte ihr zu, dass sie alles Mögliche für die Hundewelpen getan haben, aber jetzt noch eine andere Aufgabe hätten. Wie gerne hätte sie dem Fahrer die Farbdose in sein unschuldig schauendes Gesicht geworfen.

Da die Polizisten und der Fahrer an beiden Ecken am Heck des Lasters standen und somit freien Blick auf Fahrer- und Beifahrerseite hatten, blieb den beiden Frydoks nur die Front des LKWs. „Schaffst du das?" Torben bemerkte, dass Tina immer noch blass war und sie ohne seine Hilfe kaum einen Schritt machen konnte. Er vermutete beinah, dass sie einen Schock hatte und wollte schon seinen Lexus ansteuern, als Tina ihn am Arm packte. „Nein, ich muss das jetzt machen. Schon der Hunde wegen, aber du musst mir da hoch helfen." Torben nickte und hob Tina kurzerhand vor der Fahrerkabine auf die Stoßstange. Dort sprühte sie in großen grünen Lettern ihren Schriftzug auf die Windschutzscheibe.

Torben hoffte, dass es ihr jetzt bessergehen würde, aber Tina war noch genauso blass wie vorher. Sie musste jetzt zwar nicht mehr gestützt werden, aber sicheres Gehen sah anders aus. Als sie im Auto saßen, brachen bei Tina alle Dämme. Sie weinte nicht nur, sie heulte regelrecht. Die Tränen schossen ihr aus den Augen, und sie schrie ihre ganze Wut heraus, während sie mit den geballten Händen auf das Armaturenbrett trommelte. Torben war ein feinfühliger Mann, der immer ein tröstendes Wort für traurige Frauen hatte, aber er war hauptsächlich ein „Mann" und so schaute er als stolzer Autobesitzer besorgt auf die hämmernden Fäuste und überlegte, ob er eingreifen sollte, bevor die Airbags auslösten. Dann riss sich Tina zusammen und schaute Torben mit hochrotem Kopf und wütenden Blick an. „Scheißkerle." „Geht's wieder?" „Ja, hast du alles gefilmt?" Er nickte und machte sich sogleich daran, das Handyvideo an verschiedene Nachrichtensender zu schicken.

10. Uninteressant

Die Euphorie beim Sohn war recht schnell verflogen, nachdem Pavel das erste Mal seine Blase im Bett des Jungen entleert hatte, übrigens sehr zur Freude seiner Schwester, die dem Mops von Anfang an Zimmerverbot erteilte. Außerhalb dieser Abgrenzung gab sie dem kleinen schwarzen Kerl jedoch so viel Zuneigung, dass er sich trotz Zimmerverbots bei dem Mädchen am wohlsten fühlte. Die Eltern kümmerten sich nur um das Notdürftigste und das auch noch nicht mal gewissenhaft, denn so manches Mal musste Helena das Näpfchen für Pavel füllen. Die alte Decke, die Jakub Kovac im Keller gefunden und dem Hund lieblos in den Flur geworfen hatte, tauschte die Tochter gegen ein gebrauchtes Körbchen aus, dass sie einer Nachbarin abgeschwatzt hatte. Es hatte den Anschein, als wäre Pavel damit nicht so ganz einverstanden, denn er legte sich zu Beginn provokativ neben das Körbchen. Erst als die alte Decke wieder ins Spiel kam und zusätzlich ins Körbchen gelegt wurde, war die Welt für den Mops wieder in Ordnung. Die Gassirunde nahmen die Eltern schon ernster, wobei hauptsächlich die Mutter mit Pavel losging.

*

Im Laufe der Zeit war der Mops für Jiri nur noch Spielzeug, mit dem man sich beschäftigte, wenn man Lust dazu hatte. Und unter „beschäftigen" verstand er eindeutig was anderes als seine Schwester. Während Helena alle möglichen Kunststückchen mit Pavel übte und ihm auch die gängigsten Befehle beibrachte, hatte Jiri einen Heidenspaß, den kleinen Vierbeiner zu erschrecken. Ansonsten ließ er ihn mittlerweile links liegen.

Den Namen „Pavel" benutzte der Jungen auch nicht mehr, und von den Eltern hatte Helena den Namen lediglich an den ersten Tagen gehört. Danach war er nur noch der Hund. Nur für die Tochter war er „Mops". Er war ein Mops und sie nannte ihn auch „Mops", und jedes Mal, wenn Helena mitbekam, dass ihr Bruder den Mops ärgerte, trat sie heimlich auf eins seiner Spielzeuge und legte den zerstörten Gegenstand auf sein Kopfkissen. Für sie stand fest, sobald sie volljährig war, wird sie mit dem Fellknäul aus dieser gefühlskalten Umgebung fliehen.

*

Helena schlief tief und fest in ihrem Zimmer und nahm das Knurren von Pavel nicht wahr. Nachts wenn Helena schlief, schlich er sich in ihr Zimmer und rollte sich neben ihrem Bett zusammen. Morgens, wenn Pavel die ersten Bewegungen im Bett spürte, trottete er in sein Hundekörbchen zurück. Der Mops wusste, dass Helena ihn nicht in ihrem Zimmer duldete. Er spürte aber auch, dass von dem Mädchen die meiste Wärme ausging, zu ihr fühlte er sich folglich hingezogen. Er nahm es von Anfang an wahr, dass Helena ihn beschützte, wenn der kleine Jiri ihn ärgerte.

Die Geräusche, die aus dem Flur kamen, waren Pavel fremd und nicht geheuer. Das war nicht der kleine Jiri, der mitten in der Nacht zur Toilette musste, und es war auch nicht die Mutter, die wie jede Nacht in die Küche ging, um einen Schluck zu trinken. Diese Schritte bewegten sich vorsichtig. Es war Vollmond und das Mondlicht ließ die Silhouetten der Möbel und der Tür erahnen.

Die Neugier besiegte Pavels Vorsicht, und knurrend schlich er zur Zimmertür, die eine Mopsbreite weit offenstand. Die Schritte verstummten und Pavel hielt einen kleinen Moment inne. Hatte er sich die Geräusche nur eingebildet? Aber das waren doch eindeutig Schritte. Seinen Ohren konnte er immer trauen. Da draußen hinter der Tür war eindeutig etwas, was hier nicht hingehörte. Pavel witterte Gefahr, aber er musste sich durch diesen Türspalt wagen, um den Grund für die Schritte festzustellen.

Im gleichen Augenblick, als Pavel das Kinderzimmer verlassen wollte, wälzte Helena sich im Bett um und das Knarren der Lattenroste ließ Pavel vor Schrecken erstarren. Grundgütiger, habe ich mich erschrocken. Der Mops bellte einmal leise, um seinen Protest über diesen Schreck zu unterstreichen, als die Tür aufflog und ein Sack über ihn gestülpt wurde. Ruppig flog Pavel in seinem engen Gefängnis hin und her, bis er auf der Seite liegen blieb. Angst verdrängte den Schrecken und er hoffte, dass das alles nur wieder ein blöder Streich von Jiri war.

*

Am nächsten Morgen wurde Helena unsanft von ihrem kleinen Bruder geweckt. „Helena, Helena, wach auf, wir hatten Einbrecher im Haus." Der Junge strahlte und fand das fürchterlich aufregend. Endlich hatte er mal was Spannendes in der Schule zu erzählen. Endlich würden mal die anderen Schüler zu ihm kommen und fragen: „Jiri, erzähl das noch mal, war es gefährlich? Ist dir was passiert?" Ihm viel gleich auf, dass Pavel nicht in seinem Körbchen lag, denn da trat Jiri jeden Morgen gegen, um den Mops zu erschrecken. Diesmal lag dort kein Mops. „Hoffentlich haben sie den auch geklaut", dachte er sich und rannte zur Wohnungstür, an der die Einbruchsspuren deutlich zu sehen waren.

Da außer dem Hund keine weiteren Wertgegenstände gestohlen wurden, war für Jakub Kovac das Thema eigentlich erledigt. Die Eingangstür sah zwar ziemlich ramponiert aus, aber sie ließ sich nach wie vor einwandfrei schließen. Helena stieg aus ihrem Bett und schaute in den Flur. Sie erblickte das leere Hundekörbchen, das verlassen an seinem Platz lag. „Macht doch die Wohnungstür zu, sonst haut der Mops ab!" „Der ist schon längst weg", quakte Jiri dazwischen, „den haben die Räuber mitgenommen, damit er mir nicht mehr ins Zimmer kackt."

Barfuß und nur mit dem Schlafanzug bekleidet rannte Helena durch den Hausflur und danach durch alle Zimmer und rief nach dem Mops. Ihr Bruder, der wie ein Clown hinter ihr her hüpfte und ihr rufen auf theatralische Weise nachahmte, bemerkte zu spät, dass sie sich erzürnt umdrehte. Erst als er sich auf dem Boden wiederfand, war ihm klar, dass er den Bogen überspannt hatte.

*

Offensichtlich war Helena die Einzige in der Familie, der der Verlust von Mops Pavel zu Herzen ging. Ihr Vater hatte nach wenigen Tagen bereits Körbchen, Napf und Leine entsorgt. Die Nörgelei seiner Tochter ging ihm gehörig auf den Zeiger, und seine Hoffnung, dass spätestens nach einer Woche endlich Ruhe einkehre, wurde nicht erfüllt.

Helena fertigte Steckbriefe an und ließ in ihrer Nachbarschaft kaum eine Straße aus, in der sie keine Zettel an Straßenlampen oder Bäume heftete. Von einer Entführung wollte sie nichts wissen, wer klaut schon einen Mops aus einer Wohnung? Er konnte nur durch die aufgebrochene Tür abgehauen sein, weil er von Jiris dummen Späßen genug hatte.

Auf dem Rückweg ihrer Steckbriefaktion bemerkte Helena aus dem Augenwinkel ein schwarzes Etwas auf der gegenüberliegenden Straßenseite. Sie stoppte ihren Gang und hielt den Atem an. Dann wendete sie langsam ihren Kopf und erblickte, was sie kaum zu hoffen wagte: Es war wirklich ein schwarzer Mops. Helena ging langsam auf die gegenüber liegende Bordsteinkante zu und flüsterte zaghaft „Pavel?" Es war das erste Mal, dass sie den Mops beim Namen nannte. Dann schrie sie den Namen heraus, „PAVEL". Augenblicklich stürmte der Mops los und alles, was Helena nur noch wahrnahm, war ein fürchterliches Quietschen von Autoreifen.

*

Helena wachte schreiend auf und saß kerzengrade im Bett. Ihre Augen flackerten und sie merkte, wie ihr Puls raste. Ihr Körper war klatschnass und Schweißtropfen liefen ihr von der Stirn ins Gesicht. Ihre Mutter kam ins Kinderzimmer gelaufen und erstarrte bei dem Anblick ihrer Tochter. „Helena, um Gotteswillen, was ist passiert?" Katerina Kovac setzte sich auf die Bettkante und nahm ihre Tochter in den Arm. „Mädchen, du zitterst ja am ganzen Körper. Jakub, komm schnell!" An Stelle des Vaters kam Jiri aufgeregt und mit erwartungsvollem Blick ins Zimmer gerannt. „Hat sie sich wehgetan? Hat sie sich wehgetan?" Der kleine Scheißer hätte sich diebisch darüber gefreut, wenn seine große Schwester, die ja ach so stark war, sich auch mal wehgetan hätte. Als er jedoch die kalkweiße Gestalt sah, die mit aufgerissenen Augen in den Armen ihrer Mutter lag, fing er an zu weinen.

Jakub Kovac kam nur Sekunden nach Jiri ins Zimmer gestürzt, sank vor dem Bett auf seine Knie und nahm das Gesicht seiner Tochter in die Hände. „Helena!" Er packte sie an den Schultern und schüttelte das Mädchen. „Wach auf! Wach auf!" Zeitgleich kam Pavel erbost in Helenas Kinderzimmer gerannt. Er bellte, so laut er konnte. So eine Aufregung hier. Alle schrien und rannten. Ist das ein neues Spiel? Wenn ja, dann will ich mitmachen. Der Mops machte kurz vor dem Bett eine Kehrtwende und rannte voller Empörung wieder aus dem Raum.

Helenas Zustand verbesserte sich schlagartig. Das Zittern erstarb abrupt und die Gesichtsfarbe kam zurück. „Pavel? Er lebt und er ist hier?" Wie gerufen kam der Mops wieder mit lautem Gebell ins Zimmer und blieb diesmal mit wedelndem Schwanz vor dem Bett stehen. „Er ist gar nicht entführt?" „Schatz du hast einen Albtraum gehabt, hörst du. Alles ist gut."

11. Der eiskalte Engel

Olga Petrova lag in ihrem Bett in dieser schäbigen Einzimmer-Wohnung in Gorbitz. Wie oft musste sie an die schönen Zeiten denken, als sie die Multiple Sklerose noch nicht ans Bett fesselte und sie Gespielin von Igor Toschenko war. Olga war sein Engelchen. Hübsch, gehorsam und eiskalt. Bei den anderen hieß sie nur „die Petrova". Eiskalt lieferte sie jeden ans Messer, wenn sie dadurch in den Genuss eines persönlichen Vorteils kam. Und mit ihrer einfühlsamen Falschheit wickelte sie so manchen um den Finger, um ihn anschließend wie eine heiße Kartoffel fallen zu lassen.

Nach Ausbruch ihrer Krankheit schickte Igor sie nach Dresden. Er bräuchte an dieser wichtigen Position eine Person, der er bedingungslos vertrauen konnte. Das waren seine Worte und seine Begründung. Olga wusste, dass sich Igor vor ihrer Krankheit ekelte, so wie er sich vor so vielem ekelte. Zudem hatte er mittlerweile einen Ersatz für seine perversen Spielchen im Bett gefunden. Olga gehorchte wie ein geprügelter Hund, denn trotz ihrer Eiseskälte und Gefühlsarmut hatte auch sie Angst vor Igor Toschenko.

Heute ging es ihr vergleichsweise gut und sie konnte sich lange auf den Beinen halten. Trotz alledem hasste sie ihr Leben und auch das Leben derer, die gesund durchs Leben laufen konnten, und vor allem derer, die glücklich mit ihrem Partner lebten. Letztere hasste sie am meisten. Glücklich mit ihrem Partner, so wie sie es einst mit Igor Toschenko zu sein glaubte. Aber das war lange her.

Olga stand in der Küche und bereitete sich eine Tütensuppe zu, als sie aus dem Wohnzimmer einen Bericht über einen illegalen Tiertransport hörte. Der Fernseher lief bei ihr rund um die Uhr, selbst in der Nacht, denn in der Regel schlief sie vor dem Fernseher ein. Als sie zurück ins Wohnzimmer kam, fiel ihr Blick automatisch auf das in grüner Farbe gesprühte Wort „Frydoks". Die Windschutzscheibe des Tiertransporters war auf ganzer Bildschirmbreite abgebildet. Olga Petrova brauchte nicht mehr an Informationen und schaltete den Ton des Fernsehgerätes ab. Beim ersten Auftauchen des Schriftzugs der Frydoks war sie noch ruhig geblieben. Nun aber, wo Igors Handelswege auch unter Beschuss gerieten, musste sie handeln.

Olga wählte Igors Nummer und hoffte, dass er den Zeitpunkt der Information nicht als verfrüht ansah. Auf einem Zettel hatte sie akribisch alle Details zu den bisherigen Vorfällen notiert. Peters Pet-Shop, die beiden festgenommenen Demonstranten und nun der aufgeflogene Tiertransport. Und jedes Mal der Schriftzug „Frydoks". Natürlich hatte sie im Internet auch schon recherchiert, aber nichts in dieser Richtung herausgefunden. Diese Gruppe musste ganz neu auf dem Markt sein.

Igor Toschenko, Chef eines großen Tierhändlerrings und unter anderem Zulieferer der Filialen von Peters Pet-Shop, reagierte gelassen. Das wunderte Olga, denn normalerweise wäre an dieser Stelle ein Wutausbruch zu erwarten gewesen. Dann kamen bei Olga wieder die Erinnerungen hoch und sie wusste, dass genau in diesem Augenblick eine hübsche junge Frau bei ihm war. Mit der Instruktion, die Ohren weiter offen zu halten und etwas über diese Bande von Schmierfinken herauszufinden, beendete Igor das Telefonat.

Schmierfinken? Man könnte meinen, dass er sich mehr über die beschmierten Scheiben als über die Torpedierung seiner Geschäfte Sorgen machte. Sie legte sich wieder ins Bett und aktivierte den Ton des Fernsehgerätes. Auf die Suppe hatte sie keinen Appetit mehr.

12. Die Vermehrerin

Torben Braun und Dr. Frank Zodec standen in der Göttinger Fußgängerzone vor einem Schnellrestaurant und hielten eine Coffee-to-go in der Hand. Torben wurde am Morgen vom Tierarzt angerufen und an diesen Ort gebeten.

Nachdem Frank von Tina über die Frydoks informiert wurde, hatte er natürlich großes Interesse daran, auch die anderen Mitglieder der Gruppe kennenzulernen, besonders den Kopf der Frydoks. Nachdem Tina das „OK" von Torben bekam, seine Handynummer herauszugeben, hatte es nicht lange gedauert bis er kontaktiert und ein Termin vereinbart wurde.

Im Grunde hatte diese Örtlichkeit nichts damit zu tun, was die beiden Männer besprechen wollten. Aber Frank Zodec meinte, der Standort würde inspirieren. Von hier aus konnte man nämlich direkt auf die gegenüberliegende Tierhandlung „Peters Pet-Shop" schauen.

Nachdem man sich über lapidare Themen, wie den Geschmack des Kaffees und den Sinn dieser Schnellrestaurants ausgetauscht hatte, frage Frank: „Hast du eigentlich schon einmal was von dem Ort Ziegelroda gehört?" Der fragende Blick von Torben war Antwort genug. Der Tierarzt schmunzelte. „Na du bist mir ja ein Tierschützer. Vielleicht fährst du da einfach mal hin. Es liegt nur einen Steinwurf von Leipzig entfernt." „Und was finde ich da?" Torben zog das Wort „finde" in die Länge und unterstrich damit, dass er kein Freund von Andeutungen war. „Fahr einfach mal durch das Örtchen, Torben. Öffne das Fenster deines Autos und du wirst merken, dass die Frydoks eine neue Aufgabe haben."

*

Torben machte sich direkt nach der Verabschiedung von Frank Zodec auf den Weg über die A38 in Richtung Leipzig. Er war noch am Grübeln, was wohl hinter den Worten des Tierarztes stecken würde. So sehr er auch gebohrt hatte, Zodec gab keine weiteren Informationen preis. Torben hoffte, dass er nicht total enttäuscht wird, wenn Frank mit seiner Geheimnistuerei maßlos übertrieben hätte. Vielleicht ärgerten lediglich ein paar Jungen die Dorfhunde in Ziegelroda. Oder aber der Tierarzt wollte, dass man objektiv an die Sache ging und den „Aha-Effekt" erlebte. Wie dem auch sei, Torben schloss kurzfristig mit den Gedanken ab, da er nun die Autobahn verlassen und sich auf den Streckenverlauf konzentrieren musste. „Zügelroda", sagte er zu sich selbst und versuchte den Namen mit sächsischem Dialekt auszusprechen. Nicht ganz unvoreingenommen musste Torben selbst lachen. So ein typischer Name eines ostdeutschen Ortes.

Nach wenigen Minuten passierte er das Ortsschild und fuhr das Seitenfenster herunter. Der Wagen rollte gemächlich durch die Straßen, und da Torben anhand der vermuteten Ortsgröße gleich schon wieder das Ortsausgangsschild erreichen musste, kam etwas Skepsis in ihm auf. Urplötzlich hielt Torben den Wagen an. Er schaltete das Radio ab und vernahm nun deutlich Hundegebell. Nicht von einem

Hund und auch nicht von einer Handvoll Tiere, das war eine große Anzahl. Er fuhr nun weiter und konzentrierte sich auf das Hundegebell, das nun zunehmend lauter wurde. Langsam aber sicher dämmerte ihm da was. Ziegelroda, Ziegelroda, da gab es doch mal einen Bericht von einer Vermehrerin.

Das Gebell war jetzt enorm und mittlerweile machte sich auch schon ein beißender Gestank breit. Er hielt vor einem Haus, dessen Grundstück mit einem hohen Bretterzaun vor neugierigen Blicken geschützt war. Torben stand einen kleinen Augenblick zu lang vor dem Haus, denn an einem der Fenster in der zweiten Etage sah er, wie eine Hand mit einem Handy hinter der Gardine hervorkam. Torben ignorierte die Provokation und nahm stattdessen sein eigenes Handy und machte ein paar Fotos von dem Haus und seinem Sichtschutz. Dann schaltete er das Aufnahmegerät an und nahm das massive Hundegebell auf.

Torben schickte die Sounddatei und zwei Fotos an Tina, als er bemerkte, wie jemand das Haus verließ. Ein grobschlächtiger Typ mit schwarzer Lederjacke kam in Torbens Blickfeld. Als Torben ihn mit dem Handy fotografierte, setzte der Kerl sich in Richtung Lexus in Bewegung. Torben winkte noch kurz mit einem breiten Lächeln und fuhr gemächlich los. „Irgendwo hast du diese Fresse schon mal gesehen", sagte er zu sich selbst, „diese verschlagene Visage und die Lederjacke…".

Während Torben noch grübelte und um die nächste Kurve bog, passierte er einen am Straßenrand abgestellten BMW. „Die Idioten vom Bauernmarkt…", schrie er. „Na was für ein Zufall." Er hielt seinen Wagen neben einem

Dorfbewohner, der vor seinem Grundstück saß und seinen heruntergekommenen Zaun strich. „Entschuldigung", sprach er den alten Mann an, der jenseits der 70 war, „können sie mir was zu dem Haus oder den Bewohnern mit den vielen Hunden sagen?" Der Alte schaute nicht mal hoch, sondern strich mit seinem Pinsel zigmal über die gleiche Stelle. Die extrem verdünnte Farbe wurde schnell vom ausgetrockneten Holz aufgesogen. „Ich will keinen Ärger", erwiderte er trotzig. „Ich will keinen Ärger machen, ich hatte nur wegen dem Haus…" „Sind sie von der Presse oder vom Fernsehen?" „Nein." Torben ließ eine kleine Pause zwischen seinen Worten. „Ich bin hier nur durch den Ort gefahren und habe dieses Gebell und den Gestank wahrgenommen." Der Dorfbewohner raffte sich auf und stand nun vor Torben. Er schaute ihm über die Schulter in Richtung Vermehrerhaus. „Verbrecher sind das. Allesamt. Damals gab es so etwas nicht. Da vorne, das Auto gehört auch dazu, das sind die Schlimmsten." Er deutete auf den BMW. „Die passen auf, dass…" Torben sah, wie dem Mann die Gesichtsfarbe wich, die Augen weit aufgerissen und das letzte Wort noch halb im Mund. „Verschwinden sie hier und hören sie auf, mich zu belästigen." Der Alte schwang den Pinsel wie ein Schwert und Torben war froh, dass da kaum noch Farbe dran war.

Während der Alte mit Pinsel und Eimer ins Haus flüchtete, drehte Torben sich um und sah den Typ mit der schwarzen Jacke auf sich zukommen. Torben ging um seinen Lexus herum und steuerte den Kerl an. Beide trafen sich auf der Straßenmitte und bauten sich erst einmal voreinander auf. Torben bekam aus den Augenwinkeln mit, wie sich an den Fenstern der Häuser die Gardinen bewegten. Die Anwohner, die vor ein paar Sekunden noch im Fenster lehnten, waren verschwunden und hatten die Fenster verschlossen. Torben grinste. „Ihr scheint hier ja richtig beliebt zu sein." Sein Gegenüber antwortete erst gar nicht auf diese Anspielung. „Wie geht's deinem Freund?". Ein widerliches Grinsen unterstrich die Frage, die unter die Gürtellinie gehen sollte. „Der pimpert gerade deine Mutter." Torben hatte nebenbei mitbekommen, dass die „deine Mutter"-Witze momentan ziemlich angesagt waren. Die Worte hatten die passende Wirkung, und der Typ kam mit ärgerlichem Gesicht noch ein Stück näher auf Torben zu. „Suchst du wieder Ärger?" Beim letzten Wort drehte er sich zur Seite und spuckte aus. Torben sah über der Schulter seines Kontrahenten einen zweiten Kerl mit schwarzer Lederjacke um die Ecke kommen. Auf eine Prügelei hatte er jetzt überhaupt keine Lust, und so verabschiedete er sich mit übertriebener Höflichkeit und ging rückwärts zurück zu seinem Wagen. Der Kerl folgte ihm noch zwei Schritte und stellte sich breitbeinig und mit verschränkten Armen hinter den silbergrauen Lexus. Sein Kumpel war mittlerweile auf gleicher Höhe und positionierte sich neben ihm. Torben konnte beide Typen im Rückspiegel sehen und während er den Motor startete, platschte etwas auf die Heckscheibe. Grüner Speichel kroch langsam in Richtung Kofferraumhaube, aber das fiese Grinsen störte Torben im Moment mehr als die dreckige Scheibe. Er legte den Rückwärtsgang ein, trat aufs Gaspedal und ließ die Kupplung schlagartig kommen. Der Lexus machte einen spontanen Satz nach hinten, dass die beiden Kerle nicht mehr reagieren konnten. Obwohl Torben sofort wieder auf die

Bremse stieg, erwischte er einen der Männer. Mit eingelegtem Vorwärtsgang schoss der Lexus los. Im Rückspiegel sah Torben, wie die beiden einander wieder auf die Beine halfen.

*

Einen guten Kilometer hinter dem Ortsausgangsschild von Ziegelroda fuhr Torben an den Straßenrand und stieg aus seinen Wagen. Auf dem Weg zum Fahrzeugheck zog er ein Taschentuch aus der Verpackung, um damit die Speichelklumpen zu entfernen. Das nahm er sehr persönlich, da war ihm die Macke in der Stoßstange fast egal. Während er mit der Hand behutsam über die Delle in der Stoßstange strich, sagte er fast liebevoll: „Das hat sich wenigstens gelohnt."

Als Torben sich wieder ins Auto setzte, rief er Dr. Frank Zodec an. Den Rückspiegel ließ er dabei nicht eine Sekunde aus den Augen. Als der Tierarzt ans Telefon ging, schilderte Torben seine Eindrücke. Dann fragte er etwas irritiert: „Frank, du willst mir doch nicht weiß machen, dass diese Sauerei hier bisher ohne Folgen geblieben ist. Wurde davon nicht schon in den Medien berichtet?" „Ja, aber diese Verbrecher haben immer wieder irgendwelche Gesetzeslücken gefunden, dazu noch ein bisschen Schmiergeld an den passenden Stellen. Auf offiziellen Weg können wir da gar nichts ausrichten, das muss schon eine spezielle Aktion werden." „Aha." Torben musste seine Gedanken etwas sammeln. Das Erste, was ihm durch den Kopf ging, fasste er besser nicht in Worte. Ich soll also meinen Arsch für dich hinhalten. Schließlich antwortete er mit ungewohnt zurückhaltendem Ton. „Nur mit Ben alleine bekomme ich das hier nicht hin. Die haben die Kavallerie vor dem Haus stehen, und um Tina würde ich mir mehr Sorgen machen als um alles andere. Ich denke mal, da müssen wir noch etwas wachsen." Frank Zodec legte grußlos auf.

Torben wendete den Wagen und fuhr wieder Richtung Ziegelroda. Wenn er dort schon nichts Sinnvolles ausrichten konnte, dann wäre wenigstens ein grüner Schriftzug angebracht. Den BMW sah Torben schon von Weitem. Er stand immer noch an der gleichen Stelle, aber Leute sah er dort nicht mehr. Als er näherkam, bemerkte er sofort, dass der frisch gestrichene Zaun komplett zertrümmert war. Torben musste schlucken. Von dem Alten wird er mit Sicherheit keine Infos mehr bekommen. Mit Schrittgeschwindigkeit rollte der Lexus um die nächste Kurve. Vor dem Haus der Vermehrerin standen die beiden Lederjacken und eine Frau. „Schade, das wird wohl nichts mit unserer kleinen Signierstunde." Torben drückte das Gaspedal durch und sah zu, dass er möglichst unbeschadet an der Gruppe vorbeikam.

13. Die Informatikerin

Olga Petrovas einzige Verbindung zur Außenwelt war, wenn man mal vom Handy absah, das Internet. Dies war die einzige Möglichkeit, etwas über die Frydoks in Erfahrung zu bringen. Sie selbst hatte ein enormes Wissen, was die IT-Branche betrifft, kannte aber leider niemanden, der sich in der Hunde- und Tierschutzszene bewegte. Während sie im Bett saß und auf den Laptop starrte, hörte sie im Treppenhaus Gebell. Dieser verdammte Köter von der Ruditsz, dachte sie sich. Ihren Unmut über den Hund aus der zweiten Etage verflog aber gleich wieder. Das wäre doch einen Versuch wert. Irgendwo hatte sie sämtliche Telefonnummern ihrer Nachbarn aufgeschrieben, nur falls mal etwas sein sollte. Die Petrova nahm ihr Handy und gab die Nummer ein, die sie in ihrem Laptop gefunden hatte.

Am anderen Ende ging Mandy Ruditsz ans Telefon. Sie lebte mit ihrem Mann Silvio schon seit dem Mauerfall in dieser Mietskaserne, in der die Miete recht hoch war. Die Wohnung war um einiges größer, als die von der Petrova, aber im Vergleich mit anderen Objekten doch noch recht günstig. Und „günstig" war für Familie Ruditsz von elementarer Wichtigkeit. Mandy Ruditsz hatte schon seit Ewigkeiten keine Arbeit mehr gefunden, oder besser finden wollen. Sie selbst war eine Mischung aus Genie und Wahnsinn. Auf der einen Seite war sie die hochbegabte Informatikerin, die am Computer fast alles konnte. Mit ihrer extrovertierten Art kam sie schnell mit Leuten ins Gespräch, was sie zu Honeckers Zeiten zu eine der schlimmsten Spitzel der Stasi machte. Auf der anderen Seite kam immer wieder ihr Selbstmitleid hoch, wenn sie nicht genügend Aufmerksamkeit bekam. Wie oft hatte sie schon mit Selbstmord gedroht oder sich Verletzungen zugefügt, die nach Selbstmord aussehen sollten, die aber selbst der behandelnde Arzt nicht als solche diagnostizieren konnte. Diese „Hilferufe" kamen immer dann auf, wenn ihre Erscheinung kein Erstaunen mehr bei den Mitmenschen hervorrief. Mandy lief gern als Gothic- oder Punk-Oma durch die Gegend. Oma deswegen, weil sie sich mit ihren fast 50 Jahren von den meisten aus der Szene unterschied. Bei der Sängerin Nina Hagen hatte das Ganze ja noch Niveau, aber bei Mandy Ruditsz wirkte es, wie gewollt und nicht gekonnt.

Der Einzige, dem Mandy in Korsage, Strapse und Lackstiefeln, war ihr Mann Silvio. Er war ein eingefleischter Eishockey-Fan seines Heimatvereins „Dresdner Eislöwen" und würde wahrscheinlich nicht mal beim Ableben der Gattin auf ein Spiel seiner Eislöwen verzichten. Silvio war ein gutmütiger und dickleibiger Typ, mit einem ewigen Lächeln im Gesicht. Mandy hielt ihren Mann für dumm, aber Silvio war alles andere als das. Er hatte sich mit dem Leben als Partner einer eigenartigen Frau arrangiert und genoss es, unterschätzt zu werden. Zudem war er der Einzige, der mit einem festen Job Geld in die Familienkasse brachte.

Olga Petrova hatte sich beim Einzug in den tristen Plattenbau über jeden einzelnen Mitbewohner Informationen besorgt. Sie war unendlich misstrauisch und traute es auch Igor zu, dass er eine weitere Person in ihre Nachbarschaft einquartierte, die sie überwachen sollte. Olga wäre nie auf die Idee gekommen, dass ihr ehemaliger Geliebter nicht einen Gedanken mehr an sie verschwendete, und dass sie genau deswegen weit weg nach Dresden versetzt wurde. Zwischen Dresden und Kiew lag eine Entfernung von fast 1300 km. Zwischen Igors Gefühlen zur Petrova lag mittlerweile eine Ewigkeit.

Ein weiterer Grund für die Informationsbeschaffung über die Nachbarschaft war Olgas Interesse an den Ehen und Partnerschaften in diesem Haus. Falls es harmonische Beziehungen in ihrer unmittelbaren Umgebung gäbe, so würde sie diese Personen hassen. Das war das Resultat von Neid und gebrochenem Herzen, welches im Laufe der Zeit zu einem Eisblock wurde.

Bei Mandy und Silvio Ruditsz war das anders. Die beiden waren Olga zwar nicht unbedingt sympathisch, allerdings bemerkte sie sehr schnell die Kälte, die sich zwischen dem Ehepaar breitgemacht hatte. Mandy hegte sowieso eher materialistische Gedanken als Gefühle. Ihr Mann war ihr Versorger. Wie oft musste sie sich vor Ekel schütteln, wenn sie Silvio nur in Unterhose und Fan-Schal durch die Wohnung laufen sah, unter den Armen mehr Haare als auf dem Kopf. Mandy konnte auch nicht mehr darüber lachen, wenn ihr Mann sich aufs Sofa fallen ließ und von seinem Hemd, wenn er dann mal eins an hatte, ein Knopf wegflog. Silvio machte sich einen Scherz daraus und zählte immer mit. Er war aktuell bei acht.

Ein klein wenig Intimität gönnte sie ihm, wenn sie wieder Geld fürs Shoppen brauchte. Ein paar säuselnde

Worte, und der Gatte fühlte sich wie ein Hengst. Den richtigen Sex hatte sie außerhalb der heimischen Wohnung. Wie oft hatte sie schon entfernte Bekannte, die sich aus verschiedenen Gründen in der Landeshauptstadt aufhielten, zu abendlichen Ausflügen eingeladen. Es begann fast immer mit einem Besuch in Klubs oder Bars und endete auf der jeweiligen Toilette oder im Hotelbett des Dresdenbesuchers.

Diese amourösen Eskapaden machten natürlich die Runde und kamen auch der Petrova zu Ohren. Aber auch ihre beruflichen Eskapaden verbreiteten sich wie ein Lauffeuer. Durch ihre Stasi-Erfahrungen war es für Mandy ein Leichtes, ohne Skrupel mit Betriebsspionage weiterzumachen. Erst die dritte fristlose Kündigung konnte ihrem Treiben ein Ende setzten. Dass nicht schon nach dem ersten Rausschmiss und dem verlorenen Prozess vor einem Arbeitsgericht ihre Karriere als Informatikerin zu Ende war, hatte sie ihrem erstaunlichen Wissen in dieser Thematik, und ihrer unglaublichen Begabung, Personen mit Worten zu beeinflussen, zu verdanken.

Als sich Mandy Ruditsz am Telefon mit ihren Namen meldete, flötete die Petrova mit zuckersüßer Stimme auch ihren Namen ins Handy: „Hallo Frau Ruditsz, darf ich Mandy sagen? Hier ist die Nachbarin aus der Vierten. Petrova, nennen Sie mich bitte Olga." Stille am Apparat. Mandy schaute entgeistert auf ihr Telefon. Ein abwertender Gedanke schoss ihr durch den Kopf. Was will die denn? Sonst bekommt sie die Zähne nicht auseinander und jetzt bläst sie hier den Zucker durch die Leitung. „Ja, Mandy ist in Ordnung. Was gibt es denn?" Mandys Tonlage war abweisend, das bemerkte auch die Petrova, also musste sie in die Offensive gehen. „Mandy, ich brauche Ihre Hilfe. Ich weiß, dass sie den Umgang mit dem Computer, und alles was dazu gehört, perfekt beherrschen. Vielleicht haben Sie ja an einem lukrativen Job Interesse. Nichts Schwieriges für so eine intelligente Frau, wie Sie es sind."

Abgesehen von der Stimmlage war das Telefonat nach wie vor eine Lobrede auf Mandy Ruditsz, und das gefiel ihr. Sie ließ sich gerne auf die Einladung in die vierte Etage ein, denn dann brauchte sie niemanden in ihre Chaos-Wohnung zu lassen und sie konnte ihre grenzenlose Neugier befriedigen. Alle anderen Wohnungen kannte sie mittlerweile.

Die Wohnungstür in der vierten Etage war angelehnt. Mandy klopfte vorsichtig und betrat ohne eine Antwort abzuwarten die Wohnung. Das, was sie dort zu sehen bekam, entsprach so gar nicht ihren Vorstellungen. Es war mehr als trist. Wüsste man es nicht besser, könnte man vermuten, dass die Petrova nur auf der Durchreise war. Und so war es ja auch geplant, zu mindestens im Kopf der Petrova. Ein paar Wochen hier in Dresden wohnen und dann wieder zurück zu Igor. Aus den paar Wochen sind mittlerweile ein paar Jahre geworden.

Olga lag wieder in ihrem Bett. Sie hatte für ihren Besuch einen Stuhl dazu gestellt. Für Höflichkeiten, wie zum Beispiel eine Tasse Kaffee, hatte sie nicht viel übrig. So zerschlugen sich Mandys Vorstellungen von einem schönen Nachmittag mit kostenlosem Kaffee und Kuchen.

Die Petrova nickte wortlos zum Stuhl und Mandy setzte sich unsicher. „Hast du schon mal was von der Gruppe

Frydoks gehört?" Olga kam sofort zum Thema und legte auch das förmliche Getue ab. „Was soll das denn sein, eine Musikgruppe?" So viel Dummheit nahm die Petrova persönlich, und sie musste sich zusammenreißen, um ihrer Nachbarin nicht direkt an den Hals zu gehen. „Dogs – Hunde. Ich rede von einer Tierschutzgruppe." Sie erklärte in knappen Worten, dass sie die Frydoks suchen würde und hoffte, dass Mandy durch ihre Hundebekanntschaften vielleicht Infos über diese Gruppe hätte.

Dann wandelte sich ihre Stimme schlagartig und zuckersüße Worte verließen ihren Mund. Sie unterstrich mehrmals, wie sehr sie dem Tierschutz verbunden sei und es ganz toll findet, wie Mandy mit ihren beiden Hunden umging. Ein Mops und dieser andere. Olga hatte keine Ahnung von Hunden. Sie könnte nicht einmal einen Schäferhund von einem Collie unterscheiden. Nur den Mops kannte sie, denn sie hasste Möpse.

Diese angenehmen Worte gefielen Mandy um einiges besser als die harsche Einleitung zu Beginn des Gespräches. Eigentlich war es bis jetzt nur ein Monolog, denn Mandy hatte bisher kaum eine Chance, irgendetwas zu erwidern. Als sie endlich zu Wort kam, fing sie sachte und wohlüberlegt an. Mandy erklärte Olga, dass sie schon seit langem mit Hunden zu tun hätte und auch viele Hundebesitzer kannte. Olgas wohlwollende Einsprüche wie „toll" und „super", und auch die Bekundung, wie sehr sie Mandy beneide, ließen diese immer mutiger und offener werden. „Ich leite ein Internet-Forum und bin somit Kopf einer Gruppe von 50 Hundefreunden." Die Worte kamen etwas zu überheblich hervor, aber bei Olga schellten jetzt alle Alarmglocken. Eigentlich wollte sie Mandy beauftragen, ein Tierschutzforum zu gründen, um Informationen abschöpfen zu können. Dass dieses Vorhaben jedoch schon umgesetzt war, hörte sich für ihre Pläne vielversprechend an. Als Mandy dann noch ganz beiläufig hinzufügte, dass von diesen 50 Personen auch noch einige für eine Tierschutzorganisation tätig waren, wusste die Petrova, dass sie an der richtigen Stelle gebohrt hatte.

14. Deckrüde

Pavel war jetzt laut Ausweis zehn Monate alt und für Jakub Kovac stand fest, dass dieses kleine verfressene Stück Hund auch mal so langsam Geld einbringen musste. Pavel war nun bald geschlechtsreif, und eine junge Frau, die mit ihrer Mopsdame ebenfalls regelmäßig im Park unterwegs war, sprach das Zuchtthema bereits an. Als Jakub mit dem angeleinten Pavel an Helenas Zimmer vorbei zur Wohnungstür ging, sprang sie auf und rief hinter Vater und Mops her: „Ihr seid so krank, das ist doch noch ein Baby." Zwangsläufig hatte sie das Gespräch ihrer Eltern mitgehört, da alle beide ein ausgesprochen lautes Organ hatten. Sie drehte sich zu ihrer Mutter um, die in der Küchentür stand und zu erklären versuchte. „Wir haben uns im Internet schlaugemacht, Schatz. Wenn sie mit dem Aufsitzen anfangen, dann können sie es auch miteinander treiben." Helena war wie vor den Kopf geschlagen. „Mit einander treiben? Wenn ihr euch so ausführlich im Internet erkundigt habt, dann kommst du mir mit miteinander treiben? Ich fasse es nicht." „Vorsichtig, junge Frau!" Mit erhobenem Zeigefinger drehte sich Jakub zu seiner Tochter um. „Ich glaube nicht, dass du hier irgendwas zu melden hast." Ein hämisches Grinsen zeichnete sich in Helenas Gesicht ab: „Na Hauptsache, deine Arbeitskollegen sehen dich und den Mops nicht zusammen." Mit lautem Knall schlug sie ihre Zimmertür zu.

*

Im Park hatte die Stadt Pilsen eine kleine Hundewiese errichtet, die von vielen Hunderassen mit ihren dazugehörigen Menschen genutzt wurde. Die junge Frau mit der
Mopsdame kam regelmäßig hierher und war mit Katerina
bereits per du. Den kleinen schwarzen Mops erkannte sie sofort. Pavel hing in der Leine und zog mit aller Kraft, bis er
in Reichweite der Frau war, die ihn gleich hinter den Ohren
kraulte. „Hallo, mein kleiner Freund, da bist du ja. Und wen
hast du heute mitgebracht?" Sie richtete sich wieder auf, um
Jakub zu begrüßen, der seine saure Miene eine Sekunde zu
spät versteckte. Er ist tatsächlich angepisst, dass ich erst den
Hund und dann ihn begrüße, dachte sie sich. „Guten Tag, ich
bin Katja. Und sie sind Herr Kovac", stellte sie halb fragend
fest. Artig streckte sie Jakub die Hand entgegen, konnte sich
aber einen Seitenhieb auf das Unverständnis hinsichtlich der
Begrüßungspriorität nicht verkneifen.

„Und sie sind zum ersten Mal auf der Hundewiese?"
Die Anspielung verstand selbst Jakub und eine leichte Zornesröte zog auf, aber mit ein wenig Selbstbeherrschung
überspielte er die Bemerkung. Einer muss ja Arbeiten gehen,
um diese Fressmaschinen zu ernähren, dachte er sich. Aber
da hier ja noch ein Geschäft abgewickelt werden sollte, erwiderte er den Kommentar freundlich zerknirscht mit einer
Bestätigung. „Ja, das Verhalten der Tierfreunde lernt man
wohl wirklich erst beim Begleiten der Hunde kennen." Am
liebsten hätte er der blöden Kuh für ihr loses Mundwerk eine
gescheuert.

Die beiden Möpse tollten über die Wiese. Wenn sie
sich nicht grade gegenseitig jagten, dann ärgerten sie die

großen Hunde, um anschließend Hals über Kopf die Flucht zu ergreifen. Die Möpse schlugen Haken und beschleunigten, dass manch ein Betrachter applaudierte. Die Puste reichte allerdings für maximal eine Minute, dann warfen sie sich auf den Rücken, um sich zu ergeben. Doch nach einer kleinen Pause ging das Spiel von vorne los.

Katja bemerkte die Zettel, die Jakub auffällig durchblätterte, und versuchte seine Aufmerksamkeit auf die Hunde zu lenken. „Haben sie Pavel schon mal so rennen gesehen? Der hat hier richtig Spaß und würde mit Sicherheit gern öfter hier auf der Hundewiese spielen." „Ja, natürlich. Bestimmt." Jakub hörte gar nicht richtig hin und kramte nun eine Urkunde hervor, die Pavels Eltern als Champions auswiesen. „Also unser Mops ist ein erstklassiger Zuchtrüde und…" „Moment, das ist ganz klasse, aber mein Mops war noch nicht mal läufig, von daher brauchen wir im Moment gar nicht über dieses Thema zu reden." Und außerdem mache ich mit dir eh keine Geschäfte, ging es Katja durch den Kopf. Es war Jakub Kovacs einziger Besuch auf der Hundewiese.

*

Das Internet wurde seinem Ruf mal wieder gerecht. Hier findet man alles, auch willige Mopsbesitzer, die nur drauf warteten, ihre Hündinnen von einem Spross mehrfacher Champions decken lassen zu können. Jakub war überrascht, wie leichtgläubig seine potenziellen Kunden waren. Von dem Geschwafel, das er sich von dem Verkäufer auf dem Bauernmarkt hat anhören müssen, glaubte er nicht ein

Wort. Aber die Papiere, die ihm mitgegeben wurden, waren wirklich professionell gefälscht und mit ein bisschen Wortgewandtheit, die er zweifelsohne besaß, ließ sich bei den Kunden ordentlich Eindruck schinden.

Innerhalb kürzester Zeit hatte Jakub mehrere Anfragen in seinem Email-Postfach, die er je nach Entfernungen beantwortete oder direkt löschte. Für das erste Mal suchte er sich denjenigen aus, der am nächsten wohnte. Falls Pavel schlappmachen würde, hätte er wenigstens nicht so viel Sprit verbraucht.

Der Termin war direkt für den nächsten Tag angesetzt und sollte ihn nach Klatov führen, das nur wenige Autominuten von Pilsen entfernt lag. Jakub war unwahrscheinlich nervös, und er ärgerte sich über die blöde Göre von der Hundewiese. An deren Hündin hätte er Pavel gerne mal üben lassen wollen, aber so fuhr er mit einem jungfräulichen Mopsrüden zum ersten Date.

Seine erste Kundin hätte nicht besser ausgewählt sein können. Eine zerzauste knorrige Frau, die aussah, als wäre sie grade einem Unwetter entkommen. Die Wohnung sah entsprechend aus, und man musste aufpassen, wohin man trat. „Hübsch, ich sehe schon, sie sammeln gerne." Jakub betrachtete einen Stapel verschiedener Bestellkataloge, die neben einem meterhohen Stapel Illustrierten lagen und fragte sich, warum wohl der argentinische Fußball-Superstar „Messi" hieß. „Und was machen sie beruflich?" Bei dieser Frage, deren Beantwortung ihm mehr als egal war, war er nur froh, dass er Pavel vorerst im Auto ließ.

„Freischaffend", ertönte es stolz. Die Frau führte ihren Gast durch den Flur und das Wohnzimmer zu einer Tür.

„Freischaffende Sammlerin oder freischaffende Züchterin, oder für was steht freischaffend?" Jakub ekelte sich vor der Frau, vor der Wohnung und vor dem, was Pavel gleich bevorstand. Na besser du als ich, dachte er sich. „Einfach nur freischaffend", antwortete die Frau strahlend.

Als die Tür öffnete, schlug ihnen ein nicht sehr angenehmer Gestank entgegen. Jakub wandte sich angewidert ab und hielt sich die Jacke über seine Nase. Die Frau erwartete die Reaktion und genoss es, dem Besucher beim Öffnen der Tür ins Gesicht zu schauen. „Was wäre dies für eine Zucht, wenn es nicht auch nach Hund riechen würde?" Ihr Kichern erzeugte Jakub eine Gänsehaut und unwillkürlich musste er an die Geschichte von Hänsel und Gretel denken, die er seinen Kindern oft genug vorgelesen hatte. Er versuchte stets, das fiese Lachen der Hexe zu imitieren, was große Heiterkeit bei seinen Kindern auslöste. Dieses Lachen der Frau war aber das Original und hätte bei Helena und Jiri Ängste und schlaflose Nächte ausgelöst.

An der gegenüberliegenden Wand lagen eine beigefarbige und eine schwarze Mopshündin teilnahmslos auf einer labbrigen Decke. Jakub schaute die Alte fragend an. „Beide?" „Nee, nur die Schwarze. Die andere ist noch nicht so weit." Wieder kicherte sie auf erschreckender Art und Weise. „Dann hol deinen Prachtjungen mal rein!" „Erst mal klären wir das Finanzielle." Jakub versuchte, entschlossen zu wirken. „Papperlapapp, du kannst einen Welpen haben. Geld ist kalt und unpersönlich." Bei diesen Worten packte sie Jakubs Hand, wobei er eine Gänsehaut von den Haarspitzen bis zu den Füßen bekam. Die eiskalte Hand der Frau hatte eine Kraft, auf die so mancher Kerl neidisch wäre. „Nix da, nur Bares ist Wahres, sonst lassen wir das Ganze." Er versuchte sich von dem Griff zu lösen, und die Alte ergötzte sich an seinem zaghaften Widerstand. Jakub war einer Panik nah. Der Griff löste sich, und mit einem widerwertigen Grinsen nickte sie ihm zu.

Unten am Auto setzte Jakob sich direkt hinter das Lenkrad und war gewillt, so schnell wie möglich von diesem Ort zu verschwinden. Dann aber kamen ihm die Geldscheine wieder in den Sinn. Er schnappte Pavel und ging wieder zurück in die Wohnung.

*

Offiziell konnte sich Jakub Kovac nun „Besitzer eines Deckrüden" nennen. Er war froh, dass der erste Versuch ohne Probleme verlief. Pavel wusste, auch wenn ein paar menschliche Handgriffe zur Unterstützung notwendig waren, was er zu tun hatte. Noch mehr freute Jakub sich über jeden Kilometer, den er zwischen sich und dieser knorrigen Hexe brachte. Die Alte war ihm nicht geheuer. Auch wenn man so etwas nicht gerne zugab, musste er sich eingestehen, etwas Angst gehabt zu haben. Dies war wahrscheinlich auch der Grund, weshalb er sich für den Deckvorgang mit lächerlichen 1500 Kronen abspeisen ließ. Im Internet hatte er recherchiert, dass der Besitzer des Deckrüden einen Welpen oder im besten Fall den Verkaufswert eines Welpen als Entlohnung bekommen würde. Und einen Welpen wollte er auf keinen Fall.

Bei seinem nächsten Kunden würde er sich nicht übers Ohr hauen lassen. Immerhin waren Pavels Eltern

Champions. Mittlerweile glaubte Jakub Kovac seine eigenen Lügen.

15. Die Tierschutz-Orga

Luna war eins der ersten Mitglieder des Forums „Hunde und Menschen in Freundschaft", kurz „HuMiF". Sie schrieb dort zwar nicht viel, aber die Threads, die dort gepostet wurden, konnte sie sehr gut in wichtig und unwichtig kategorisieren. Sie las alle Beiträge. Luna war auch eine der Personen, die bei der Tierschutz-Orga aktiv war. Immer wieder nahm sie geschundene Hunde-Seelen bei sich auf, pflegte sie gesund und half bei der Vermittlung.

Bei den jährlichen Treffen dieser Tierfreunde war sie natürlich immer mit Ben dabei. Beide waren eher unauffällig, hatten ihre Augen aber überall, besonders bei den Gästen und Hunden, die neu dabei waren. Torben besuchte mit seiner Mopsdame Ohara auch stets diese Treffen. Er hatte zwar mit den HuMiFs nichts am Hut, aber schließlich bekam er seine kleine Ohara von Luna, die den kleinen beigefarbigen Mops für die Tierschutz-Orga vermittelte. Tina war nicht dabei. Sie hielt weder etwas von diesen Foren noch von Party-Treffen mit Hunden. Die junge Nürnbergerin fand man eher bei den Demos oder dort, wo aktiv für die Tiere gekämpft wurde.

Die Organisatorin dieses Treffens hieß Elke Gärtner. Sie war auch Gründerin und Chefin dieser Gemeinschaft von Tierfreunden. Eine eher zurückhaltende Frau, die ihre ehrenamtlichen Helferinnen ihrer Meinung nach gut ausgesucht hatte. Ohne diese Personen hätte Elke das Ganze gar nicht meistern können, da sie durch ihre Selbstständigkeit und ihren kleinen Laden extrem gebunden war.

Einmal im Jahr nahm sie sich aber einen Tag frei und begrüßte bei einem gemeinsamen Treffen alte und neue Mitglieder und natürlich auch die Gäste, die einem von ihrer Orga vermittelten Nothund ein neues Zuhause gaben. An diesem Tag trafen sich Hundebesitzer und tauschten ihre Erfahrungen und Erlebnisse aus. Sie lachten und freuten sich und man fand kein ernstes Gesicht. Fast keins. In Elkes Schatten befand sich grundsätzlich eine Frau, bei der ein freundlicher Gesichtsausdruck kaum zu sehen war. Eine Frau, die sich selbst wegen ihrer äußerlichen Erscheinung als Godzilla der Hundewelt bezeichnete, aber trotzdem von den Mitmenschen übersehen wurde. Nur ihren Namen kannte jeder. Wenn jemand diesen Namen nannte, zeichnete sich Verlegenheit auf den Gesichtern ab. Jedoch wollte keiner offen Schlechtes über sie Äußern. Der Einfluss, den sie auf Elke Gärtner hatte, war immens. Ihr Name war Walburga Breit.

*

Mandy Ruditsz ließ sich auf das Geschäft ein. Olga Petrova bot ihr an, bis zu 500 Euro für Informationen springen zulassen. Olga würde so gerne diese Gruppen finanziell unterstützen, da sie Hunde ja ach so sehr liebte. Am liebsten wäre es ihr, wenn Mandy etwas über neue Gruppen herausfinden würde, weil diese ja grade zu Beginn viel Unterstützung brauchten. Das war Mandys Aufgabe. Je mehr und je schneller sie etwas herausfinden würde, desto größer wäre der Anteil der 500 Euro, den Olga bezahlen würde. Bei Informationen über die Gruppe „Frydoks" käme die komplette Summe zur Auszahlung. Mandy akzeptierte das Angebot, zumal anfänglich nur 50 Euro ausgelobt wurden, sie sie aber auf 500 Euro hochgepokert hatte. Mandy schüttelte den Kopf, als sie wieder auf dem Heimweg war. „50 Euro, was glaubt die eigentlich, mit wem sie es zu tun hat."

Zuhause angekommen setzte sich Mandy direkt an ihren Computer und eröffnete in „ihrem" Forum einen neuen Thread mit dem Titel „Tierschutzgruppen". Im Einleitungssatz fragte sie die Community nach deren Meinung über Tierschutzgruppen. Sie wollte nicht gleich mit der Tür ins Haus fallen und ging die Sache vorsichtig an. Nach und nach kamen immer mehr Beiträge. In den ersten Beiträgen wurde natürlich vor allem über ihre eigene Orga gesprochen. Immerhin waren viele der Forenmitglieder bei dieser Gruppierung aktiv oder hatten zu mindestens einen Hund von dort bekommen.

Mandy ging auf ihren Balkon und rauchte erst einmal eine Zigarette. Das, was bis jetzt von den anderen Usern kam, war noch nicht sehr nützlich. Wahrscheinlich hätte man die Frage konkreter stellen sollen. Der Rest der Zigarette flog über das Geländer und Mandy ging wieder an ihren Monitor. Sie stellte jetzt direkt die Frage, ob jemand schon von den Frydoks gehört hätte und wer da hinter steckte. Wieder kamen fast gleichzeitig mehrere Antworten, aber im Grunde nur Dinge, von denen schon in den Medien berichtet wurde. Es schien, als ob alle Forenmitglieder an der Tastatur hingen und ihr Wissen teilen wollten. Nur Luna saß mit fragendem Blick vor ihren Bildschirm. Durch ihren Kopf schoss immer wieder die Frage: Warum interessierte sich Mandy für die Frydoks? Sie traute dieser Selbstdarstellerin aus Dresden nicht über den Weg. Den Text, den sie bereits geschrieben hatte, löschte Luna wieder. Es wäre wohl am besten, wenn sie sich im Hintergrund hielt, dachte sie sich.

16. Die Planung

Torben ging mit seiner kleinen Ohara durch das Wäldchen spazieren, das ganz in der Nähe seiner Wohnung lag. Er hatte hier reichlich Möglichkeiten, seiner Mopshündin verschiedene Gassi-Runden zu bieten. Eine führte durch diesen kleinen Wald am Bach entlang. An Oharas üblicher Trinkstelle setzte Torben sich auf einen Baumstumpf und schaute seinem Hund beim Trinken und dem darauffolgenden Spiel im Wasser zu. Ohara liebte das Wasser und wenn sie besonders übermütig wurde, wälzte sie sich anschließend noch im Sand.

Während Torben vor sich hinstarrte, klingelte sein Handy. Tina meldete sich und fing sofort an zu reden. Man könnte jedes Mal meinen, die Welt ginge unter, so aufgeregt war sie am Telefon. Diesmal war es wirklich etwas Außergewöhnliches. Der verstoßene Tierarzt Frank Zodec wollte sich mit den Frydoks treffen. Es würde um was ganz Großes gehen und er hoffte auf ihre Mithilfe. Sehr zur Verwunderung von Tina hielt Torben einen Augenblick inne. Sie wusste ja, dass er ein glühender Verehrer von Zodec war. Allerdings geisterte Torben immer noch die Geschichte mit Ziegelroda durch den Kopf und er hatte dem Tierarzt unmissverständlich klargemacht, dass die Frydoks noch nicht zu einem direkten Aufeinandertreffen mit skrupellosen Verbrechern bereit sind. Das hatten sie und vor allem Ben auf dem Bauernmarkt schmerzlich zu spüren bekommen.

„Und?", rief Tina ins Handy. Torben stimmte dem Treffen zu und war überrascht, als Tina den folgenden Tag, Sonntag, für das Treffen vorschlug. Frank Zodec war schon in Nürnberg. Nach einer kleinen Denkpause schlug Torben als Treffpunkt den Hof von Luna und Ben vor. Er würde die beiden direkt unterrichten und Tina sollte sich morgen mit Frank auf den Weg machen. Torben beendete das Gespräch und wählte Lunas Nummer.

An diesem Sonntag, an dem wohl die größte Aktion der Frydoks geplant werden sollte, war Torben als erster bei Luna und Ben. Luna stand vor ihm, eine Zigarette im Mund und die Arme eng um den Körper geschlungen.

Als Frank Zodec mit Tina als Beifahrerin auf den Hof fuhr, kam auch Ben heraus, um die Gäste zu begrüßen. Man einigte sich, die formelle Anrede wegzulassen, und ging direkt ins Haus. Nach kurzem Wortgeplänkel kam Frank schnell zur Sache. Er berichtete von einer alten Wassermühle nahe der tschechischen Ortschaft Hradec. Dort war nicht nur der Sammel- und Verladepunkt von Welpen, sondern auch eine Tötungsstation, die äußerst kostengünstig „überflüssige" Hunde entsorgte.

Die Tötungsstation wurde nicht nur von Tierheimen, sondern auch von Privatpersonen beliefert. In Tschechien war diese Einrichtung bekannt für das humane Einschläfern der geliebten Vierbeiner. Diese Injektion, die den Tieren verabreicht wurde, sei natürlich nicht günstig und so wären die Betreiber dieser Station für jegliche Geldspenden dankbar. Eine Entsorgung der Kadaver sei natürlich mit inbegriffen. Die Privatpersonen gaben diese nicht ganz so freiwillige Spende mehr oder weniger gerne. Bei den Tierheimen war das schon etwas anderes, für die war es kostenlos. Durch die ausgestellten Unterlagen der Heime konnte die Tötungsstation vom Staat Subventionen beantragen. Immerhin sorgten sie ja dafür, dass die Straßen von nichtgewollten Hunden gesäubert wurden.

Dr. Frank Zodec war einer der Tierärzte, der die Rechnungen für gelieferte Injektionen ausstellte. Nur wurden die dokumentierten Injektionen nie ausgeliefert. Frank Zodec hatte nie nachgefragt. Ihm war nur klar, dass hier der Staat beschissen wurde, und der Staat war ihm egal. Bis er irgendwann, und das nach viel zu langer Zeit, ins Grübeln kam und darüber nachdachte, wie die Hunde, wenn nicht durch die Spritze, dann getötet wurden. Bei seinen Stippvisiten in der Station hatte er nie Anzeichen von Gewalt wahrnehmen können. Kein Blut, keine Schreie, keine Knüppel.

„Und wie werden die Hunde dann getötet?", fragte Ben, als Frank eine etwas längere Pause machte. Ohne direkt auf die Frage zu reagieren, fuhr Frank fort und berichtete von einem Telefonat, das er letzte Woche hatte. Er war der Meinung, dass es eine Mitarbeiterin des örtlichen Tierheims war, die ihm genau diese Frage stellte, auf die nun auch Ben eine Antwort haben wollte. Der einzige Unterschied lag allerdings darin, dass die Stimmlage der Frau darauf deuten ließ, dass sie wusste, wie die Hunde sterben und Frank vielleicht mal sein Gewissen einschalten und nachdenken sollte. Sein stockendes und fragendes „Wie denn?", beantwortete die unbekannte Frau mit einer Gegenfrage: „Was meinen Sie denn, warum das Wasserrad noch in Funktion ist? Getreide wird dort bestimmt nicht mehr gemahlen." Dann legte sie auf.

Frank beendete an dieser Stelle vorerst seine Erzählung und wartete auf die Reaktion der vier Frydoks. Während die Frauen den Tierarzt geschockt anstarrten, überlegte Torben schon, welche Aktion hier am eindrucksvollsten zur Geltung kommen würde. Ben hingegen fragte misstrauisch, warum Frank ihnen das erzählte und was er nun von ihnen erwarten würde. Frank schmunzelte ein wenig und wollte grade antworten, als Luna ihm ins Wort fiel und mit verächtlichen Worten klarstellte, dass er Teil dieses Verbrechen ist, dass Frank seine Stellung als Tierarzt missbraucht hätte, damit die ihr mieses Geschäft ausführen konnten. „Du willst uns doch nicht erzählen, dass du nicht auch deinen Nutzen davon gezogen hast? Wie viel hast du an dem Leid der Tiere verdient?" Nun war Luna richtig sauer, und auch die anderen drei schauten Frank skeptisch an. „Wir sollen jetzt deine Scherben wegräumen?" Luna verließ den Raum und unterstrich ihre Wut mit einer knallenden Tür.

Ben runzelte die Stirn, schaute auf seine Fingernägel und sagte dann süffisant: „Anscheinend war es wohl doch nicht so ganz verkehrt, dir die Zulassung zu entziehen." Tina saß immer noch stocksteif auf ihrem Stuhl und starrte Frank an. Torben fragte nach einer gefühlten Ewigkeit, was er nun eigentlich von ihnen wolle. Frank sammelte sich eine Weile, dann antwortete er. „Ich will Schadensbegrenzung, aber alleine schaffe ich das nicht. Darum bin ich hier." Luna kam wieder ins Zimmer gestürzt. Ihre Wut war noch nicht verraucht. „Ich will, dass er geht. Sofort!" Frank blickte nun verunsichert zu Luna auf, die mit verschränkten Armen vor ihm stand. Torben gab Ben mit einer Kopfbewegung zu verstehen, dass er sich um Luna kümmern solle. Ben stand auf, nahm Luna am Arm und schob sie sachte aus dem Raum. Luna hatte ihre Arme immer noch verschränkt. Nun schaute Torben dem Tierarzt direkt in die Augen. „Und wie können wir helfen, deine Scherben zu beseitigen?" Erleichterung machte sich im Gesicht von Dr. Frank Zodec breit.

Luna und Ben standen in der Küche und schrien sich an. Zu so einer Auseinandersetzung war es zwischen den beiden noch nie gekommen. Während sie immer noch auf 180 war und absolut nicht verstehen konnte, dass ihr Mann ihr in den Rücken fiel und den Kerl nicht hochkant aus der Wohnung jagte, konnte Ben nicht verstehen, dass Luna sich so gehen ließ und in seinen Augen nicht mehr Herr ihrer Sinne war. Tina betrat die Küche und die beiden Streithähne verstummten augenblicklich. „Lässt du uns mal allein?" Tina schaute Ben an und der ging mit einem Kopfschütteln zurück ins Wohnzimmer, wo Torben über alle Details von Hradec informiert wurde.

Auf dem Tisch lag nun ein Grundriss der Wassermühle und dem nachträglich entstandenen Anbau. Frank erklärte beiden die Räumlichkeiten der Tötungsstation, die Absicherung der Anlage, Zäune, Eingänge und Wachpersonal. „Ihr könnt im Grunde nur vorne rein, dafür braucht ihr nur die beiden Wachleute auszuschalten. Das sind im Grunde zwei alte Nachtwächter, die ihre Rente aufbessern und kampflos den Weg freimachen werden. Im linken hinteren Teil ist der Mühlenraum. Macht so viele Fotos wie möglich. Ich will wissen, wie die Tiere dort getötet werden. Außerdem haben wir dann etwas, womit wir an die Öffentlichkeit gehen können. Vielleicht könnt ihr das Wasserrad auch zerstören. Im rechten Gebäudetrakt sind die Büroräume.

Dort sollten genügend kompromittierende Unterlagen zu finden sein. Der vordere Teil dient als Lagerhalle, wo die Tiere in den Käfigen hocken. Ich besorge euch einen Lieferwagen, mit dem ihr so viele Tiere wie möglich herausholen könnt."

„Und dann", Ben schaute abwechselnd von Frank zu Torben. „Bringt sie erst einmal zu mir. Ich stelle die Ausweise aus und ihr könnt sie in Pflegestellen unterbringen." Ben lachte los und wandte sich ab. „Der hat keine Ahnung. Einfach mal einen Laster voller Hunde unterbringen." „Wir finden schon eine Lösung". Frank sprang auf. Im gleichen Augenblick kam Tina eilig und mit ernster Miene zurück ins Zimmer. „Frank, wir sollten jetzt fahren. Luna hat die Polizei gerufen."

*

Während Tina und Frank vom Hof fuhren, standen Torben und Ben sprachlos im Wohnzimmer und starrten Luna an, die mit einem Glas Wasser in der Hand aus der Küche kam. Sie umklammerte das Glas mit beiden Händen und nahm einige kleine Schlucke. Ihr Blick wechselte von einem zum anderen. „Nicht ein Wort!", befahl sie mit einer Stimme, die Ben so gar nicht kannte.

„Bist du irre?", schrie Ben. Der Satz war noch nicht richtig zu Ende gesprochen, da flog schon das Wasserglas in seine Richtung. Ben duckte sich und das Glas zersplitterte hinter ihm an der Wand. „Raus hier, alle Beide!", schrie Luna. Torben packte den blass gewordenen Ben und zog ihn nach draußen. Ein Wutschrei folgte den Männern.

Ben war den Tränen nah. So kannte er seine Luna gar nicht. Die Frau, die er vor 24 Jahren zum ersten Mal traf und seitdem nie so außer Kontrolle gesehen hatte. Sie bestritt in der Regel die Auseinandersetzungen mit Schweigen und hämischen Blicken. Ben wünschte sich eigentlich immer, dass Luna mal aus ihrer Haut fuhr und ihn anschrie, anstatt ihn bei Streitereien nur mit einem gehässigen Lächeln anzuschauen. Aber jetzt, so ganz ohne Vorwarnung, war es für ihn doch erschreckend.

Torben und Ben überquerten den Hof, und während Ben seinen Kopf fortwährend schüttelte, überlegte Torben, wie er ihn auf andere Gedanken bringen könnte. „Wie habt ihr euch eigentlich kennengelernt?" Ben blieb stehen und schaute Torben erstaunt an. „Ist das dein Ernst? Du liegst seit zehn Jahren bei Luna auf dem Tattoo-Stuhl und weißt nicht, wie wir uns kennengelernt haben? Über was redet ihr denn dann, oder redet ihr überhaupt?" Ben musste lächeln. Er wusste ja, dass Luna introvertiert ist, aber dass sie in dieser zehnjährigen Freundschaft zu Torben ihre Privatsphäre trotzdem so schützte, hätte er nicht gedacht. Sein Blick folgte der Landstraße und endete am Kirchturm, des wenige Minuten entfernten Ortes Immenhausen. „Lass uns ins Dorf gehen. Bei einem Bierchen lässt es sich besser plaudern."

„Ich habe Luna das erst mal in einem Tierheim getroffen. Da war sie grade mal 15 Jahre. Sie liebte damals schon die Arbeit mit Tieren und war eigentlich jeden Tag dort, hauptsächlich um die Hunde auszuführen. Ich war im Firmenauftrag dort. Ich hatte gerade meine Ausbildung zum Maler beendet und sollte die Außenfassaden auf Vordermann bringen. Sie fiel mir eigentlich nur auf, weil ihre Mutter irgendwann im Tierheim auftauchte und dort nach ihr fragte, mit Lunas vollständigen Namen."

Torben war jetzt ganz hellhörig. Dass „Luna" nur ein Kosename oder ein Spitzname war, wusste er. Aber auf die Frage nach ihrem richtigen Namen hatte sie immer nur gelacht und die lapidare Antwort „Das willst du nicht wirklich wissen." „Erzähl!" „Leonora Ulrike Nadine Angelika. Aus den Initialen hat sie dann Luna gemacht." Ben erwartete eigentlich einen Lacher, aber Torben murmelte nur: „Wer gibt denn seinem Kind so einen bescheuerten Namen? Wie heißt denn dann wohl ihr Bruder?" „Er ist ihr Halbbruder, und er heißt so, wie du ihn kennst: Ralf, einfach nur Ralf." Auch das wusste Torben nicht. Er ist immer davon ausgegangen, dass Ralf ihr richtiger Bruder wäre. Der enorme Altersunterschied von 17 Jahren kam ihm zwar immer schon merkwürdig vor, aber die Herzlichkeit zwischen den beiden war unübersehbar. „Ralf ist übrigens älter als Lunas Vater." Dieser Satz kam genauso unspektakulär über Bens Lippen, als wenn er sagen würde, dass er einkaufen geht. Torben bekam seinen Mund nicht wieder zu.

Bis zum Ortseingangsschild von Immenhausen waren es noch gut 100 Meter. Diese Distanz legten die beiden Männer schweigend zurück. Torben mit offenem Mund und Ben mit einem schmunzelnden Gesicht.

17. Das erste Auge

Jakub Kovac war jetzt schon einige Monate dick im Zuchtgeschäft, wie er es gerne benannte. Dass er im Grunde nur ein Vermehrer, oder wenn man es abgeschwächt ausdrucken möchte, ein Handlanger der Vermehrer war, wurde ihm bisher nur von seiner Tochter gesagt. Er gab nichts darauf. „Ist es denn verboten, nebenbei ein bisschen Geld zu verdienen? Herrgott der Hund hatte doch auch seinen Spaß." Insgeheim rechnete sich Jakub schon seinen Jahresgewinn aus, falls es so weiterlaufen sollte. Seine erhoffte maximale Bezahlung aus dem Erlös eines verkauften Welpen hatte er bis jetzt noch nirgendwo bekommen, denn die, die so eine Summe zahlen würden, waren die „richtigen" Züchter, bei denen er aber nicht mal ansatzweise einen Fuß zwischen die Tür bekommen hat. Im Gegenteil, mit Anzeigen hat man ihm gedroht, aber da dies ausschließlich in Deutschland war, konnten die sich ihre leeren Drohungen sonst wo hinstecken. Es ärgerte ihn aber trotzdem und das hämische Grinsen seiner Tochter war Salz in der Wunde.

*

An einem Wochenende im Mai 2010 hatte Jakub wieder einen Termin in Deutschland. Über eine vorherige Kundin hat er die Telefonnummer einer Hobbyzüchterin aus der Stadt Hof bekommen und wollte sich grade auf den Weg zu einem erfolgversprechenden Geschäft machen, als Helena aus ihrem Zimmer kam und ihren Vater mit besorgtem Ton ansprach. „Ist dir eigentlich in der letzten Zeit mal etwas an dem Mops aufgefallen?" „Ein ganz schön potenter Bock ist das." Er lächelte bei den Worten, ohne seine Tochter anzuschauen. Da ihm aber bewusst wurde, dass er diese Worte nicht zu einem Saufkumpan, sondern zu seiner Tochter sagte, versuchte Jakub zu beschwichtigen. „Entschuldige, war halt so ein Männerspruch. Was soll mir denn an Pavel aufgefallen sein?" Wie abgesprochen trottete das schwarze Kerlchen beim Ertönen seines Namens ins Wohnzimmer. Helena stand nun vor ihrem Vater, der sich auf dem Sofa entspannt zurücklehnte. „Schau mal auf sein rechtes Auge, fällt dir denn da gar nichts auf?"

Jakub setzte die fragende Miene auf. „Ist ein bisschen dick, wahrscheinlich von dem ständigen Reiben mit der Pfote." „Ach, das ist dir also aufgefallen. Wie wäre es mal mit einem Tierarzt? Geld genug hast du ja bereits mit ihm gemacht." „Davon hast du gar keine Ahnung. Mopsaugen sind glubschig. Bei dem einen mehr und bei dem anderen weniger." „Das ist doch fast doppelt so groß"; schrie sie nun. Der Vater sprang auf und packte sich den Mops unter den Arm. „Das ist doch Quatsch, soll ich ihm die Pfote zubinden, oder was? Bist du dann glücklicher?" Jakub verließ das Wohnzimmer und Helena wusste, dass sie gegen Windmühlen kämpfte. Resigniert antwortete sie leise: „Nein, einfach nur mal zum Tierarzt gehen."

*

Es dauerte ein wenig, bis die Hobbyzüchterin auf Jakubs Klingeln reagierte. Er stand vor ihrer Wohnungstür, durch die das Gebell ihrer Hunde drang, und Pavel stimmte gleich mit ein. In dem kahlen Treppenhaus hallte es ohrenbetäubend. Die etwa fünfzigjährige Frau öffnete die Tür und stellte sich mit „Meier" vor, was Jakub aber bereits wusste und so stellte er sich der Frau vor, die seinen Namen natürlich auch schon kannte. Die Mopsdame stand in einem angrenzenden Raum und nur ein Babygitter, das zwischen den Türzargen befestigt war, verhinderte eine stürmische Begrüßung.

Bei den halbwegs seriösen Geschäften lief es so ab, dass er im Vorfeld erst einmal mit Pavel zu Besuch kam um noch offene Fragen zu klären. Die Läufigkeit der Hündin war da schon absehbar, aber Männlein und Weiblein konnten noch ohne Probleme miteinander spielen, was manchmal so ausging und manchmal so.

„Och, ist das aber ein Hübscher." Die Frau war auf dem ersten Blick hin und weg von dem Mopsrüden. „Pavel." Als sie den Namen rief und Pavel ihr seinen Kopf zuwandte, erschrak Frau Meier. "Was ist denn mit dem Auge passiert?" Sie schaute Jakub entsetzt an, der in diesem Moment genauso entsetzt zurückschaute. Allerdings lag das nicht an einem kranken Auge des Hundes, sondern an der Reaktion von Frau Meier. „Brüllen sie doch nicht so, was habe ich mich erschreckt. Mit dem Auge ist nichts, da hat er sich mal mit seiner Wolfskralle wehgetan, aber damit ist Pavel in Behandlung."

Frau Meier nahm den Kopf des Rüden in die Hände und schaute sich das Auge genauer an. „Ich glaube nicht,

dass da eine Verletzung ist, das könnte ein Glaukom sein."
Sie schaute nun zu Jakub auf, der direkt neben ihr stand.
„Sind sie etwa Tierärztin?" Der Spott in seiner Stimme war
nicht zu überhören. Behutsam streichelte sie Pavel über den
Rücken. „Ich nicht, aber sie sollten mit ihrem Hund unbe-
dingt einen Tierarzt aufsuchen." Sie stand auf und blickte
Jakub direkt in die Augen. „Sonst ist der Kleine bald blind."

*

Pavel rieb sich jetzt immer öfter mit der Pfote das
Auge und auch das Fressen verweigerte er mittlerweile.
Beim ersten Auslassen der Mahlzeit meinte Jakub noch, dass
das wenigstens Geld spart. Nachdem er von der blöden
Meier mit ihrer Glaukom-Geschichte aus der Wohnung
komplementiert wurde, hatte Pavel noch zwei Deckaufträge.
Jedoch wurde der letzte Versuch ein Reinfall. Anstatt die
Hündin zu decken, zog Pavel sich zitternd zurück und strich
sich immer wieder übers Auge. „Raus gejagt haben sie uns,
du Schlappschwanz", tobte Jakub bei der Rückfahrt. Was für
eine Schmach. Er bezog diesen Spott auf sich selbst, was die
Situation noch viel schlimmer machte.

*

Jakub musste in den sauren Apfel beißen und für diesen
Nichtsnutz zusätzliches Geld ausgeben. Mit einer Tasse Kaffee in der Hand saß Jakub in der Küche und starrte den Mops
an, der im Moment ruhig in seinem Körbchen schlief. Alles
nur Getue von dem Biest. In dem Moment unterbrach Helena

die Gedanken ihres Vaters indem sie sich zwischen ihn und dem Hund stellte. „Wann fährst du mit dem Mops zum Tierarzt? Das wird doch täglich schlimmer." Gelassen nahm Jakub einen großen Schluck Kaffee und überlegte einige Sekunden. Dann schaute er seine Tochter an und erwiderte: „Dein Taschengeld, junge Dame, wird dann dazu gelegt!" Er wartete auf den entsetzten Ausdruck und das Kleinbeigeben seiner Tochter. Aber sie akzeptierte seine Forderung sofort: „Ja, meinetwegen und von mir auch noch das Taschengeld vom nächsten Monat, aber geh mit dem Mops zu einem Tierarzt!"

*

Die Diagnose war niederschmetternd. Der Innendruck des rechten Auges war so enorm, dass das Auge entfernt werden musste. Der Arzt versicherte dem Mann, dass der Mops im Moment Höllenqualen litt und fragte gleichzeitig, warum er nicht schon viel früher gekommen sei. Jakub wurde kreidebleich. Er konnte sich zwar nicht vorstellen, was so eine OP kostet, aber günstig würde das nicht werden. Viel mehr Sorgen machte er sich um die finanzielle Zukunft seines Nebenverdienstes. Wer will seine Hündin schon von einem halb blinden Krüppel decken lassen? Daher weigerte er sich, die Operation durchführen zu lassen. „Das sehe ich überhaupt nicht ein, so eine Geldschneiderei. Woher wollen sie denn wissen, dass der Hund Schmerzen hat? Diese Operation ist doch total unnötig. Geben sie mir eine Salbe oder sonst was mit und damit sollte es doch gut sein." In Jakubs Stimme klang Entsetzen und Empörung gleichermaßen.

Diese Art von Leuten kannte Dr. Frank Zodec nur zu gut. Bloß kein Geld für sein Haustier ausgeben. Anhand der Papiere, die wirklich gut gefälscht waren, und den widersprüchlichen Aussagen, woher der Mops stammt, war dem Tierarzt klar, dass er einen der Parkplatzhunde auf seinem Behandlungstisch hatte. Dr. Zodec schaute den Mann an und unterstrich seine Worte, indem er den Mann zur Seite schob: „Und ob der Mops operiert wird! Sie können in Raten zahlen."

Als der Mann den Tierarzt am Arm festhalten wollte, baute dieser sich vor ihm auf. Mit seinen fast zwei Metern und bestimmt 140 Kilo ließ er Jakub wie ein Kind aussehen. Der brodelte innerlich. „Das ist eine Unverschämtheit!" „Alles zum Wohle des Tieres!" Er schob Jakub Kovac aus dem Raum und verschloss die Tür. Der Tierarzt stützte sich auf einem kleinen Schränkchen ab und schaute seinen kleinen Patienten an, während der brüskierte Mopsbesitzer im Wartezimmer tobte. Nach ungefähr einer Minute hörte das Getöse auf und Dr. Zodec öffnete die Tür, um eine Arzthelferin zu rufen. Während er auf die junge Frau wartete, ging er langsam auf Pavel zu, der reglos und mit ängstlichem Blick auf dem Behandlungstisch saß. „Der berühmte Mopssitz." Der Tierarzt schmunzelte und seine riesige Hand strich sanft über das schwarze Köpfchen. „Bereiten sie alles für eine Augen-OP vor!" Die Arzthelferin stand in der Tür und kannte es schon, dass ihr Chef auch ohne Blickkontakt wusste, wenn jemand hinter ihm stand. Die nötigen Instrumente waren schnell bereitgelegt und während sie auf weitere Anweisungen wartete, betrachtete Dr. Zodec die Augen seines kleinen Patienten. „Es tut mir leid, wenn ich dir gleich dein Auge nehmen muss, aber du wirst damit gut zurechtkommen." Obwohl der Mops ihn nicht verstehen konnte, vermied es der Arzt, die volle Wahrheit zu sagen. Er brachte es nicht übers Herz, seine Meinung über das andere Auge in Worte zu fassen.

Vorsichtig rasierte er eine Stelle am vorderen Beinchen. Pavel zitterte vor Angst und Schmerzen, ließ den Tierarzt aber gewähren. Mit seinem linken Auge beobachtete der Mops jede Bewegung des Menschen, und hörte seiner beruhigenden Stimme zu. Das rechte Auge hatte schon seit geraumer Zeit keinen Nutzen für Pavel. Dann spürte er einen Stich und versuchte seine Pfote wegzuziehen, aber der Mensch hielt sie mit sanfter Kraft, während Pavel in die Narkose sank.

Dr. Zodec legte einen Tubus, nickte seiner Arzthelferin zu und fing dann mit der Operation an, um das rechte Auge des Mopses zu entfernen.

*

Nachdem Dr. Zodec den Mopsbesitzer aus dem Behandlungszimmer geworfen hatte, wollte Jakub voller Trotz und Wut ohne Pavel nach Hause fahren. „Wenn er den Hund unbedingt operieren will, dann soll er das machen, aber nicht auf meine Kosten!" Sein letzter Rest schlechten Gewissens ließ ihn aber innehalten und zur Praxis zurückkehren.

Er setzte sich wieder ins Wartezimmer und beruhigte sich. Fast eine Stunde war vergangen, seitdem er unfreiwillig das Behandlungszimmer verlassen musste. Als die Arzthelferin den Raum betrat, sprang Jakub auf. Anhand des entspannten Gesichtsausdrucks konnte er sich denken, dass der Eingriff halbwegs gut verlaufen war. „Der Doktor kommt sofort und bespricht mit ihnen alles Notwendige." „Ich habe dem Ganzen nicht zugestimmt, darum werden sie von mir auch kein Geld bekommen." Seine Worte blieben unbeantwortet, dementsprechend sparte er sich weitere Kommentare und setzte sich wieder.

Als Dr. Zodec ins Wartezimmer kam, sprang Jakub erneut auf. Diesmal wortlos, da der Doktor direkt auf ihn zusteuerte. „Kommen sie, ihr Mops hat den Eingriff gut überstanden, aber ich habe ihnen einiges zu erklären und ich hoffe, sie nehmen sich die Worte zu Herzen."

*

Dr. Zodec ging ohne weitere Worte zurück in den Behandlungsraum, der auch gleichzeitig als Büro diente. Jakub folgte ihm mit gebührendem Abstand. Von seinem anfänglichen Zorn war nicht mehr viel übrig geblieben.

Dr. Zodec nahm sich Zeit, bis er sich an Jakub wendete. „Wären Sie ein paar Wochen eher gekommen, dann hätten sie das dem Mops erspart." Er hielt Jakub Kovac ein Glas mit Formaldehyd hin, in dem ein Auge schwamm. „War es denn nötig, das Auge gleich raus zu reißen? Wenn ich mir ihre riesigen Hände anschaue, dann will ich mir gar nicht vorstellen, wie sie das gemacht haben." Der Blick, den Dr. Zodec dem Mann zu warf, ließ diesen gleich einen Schritt zurückweichen. Im gleichen Moment kam die Arzthelferin mit Pavel auf dem Arm herein und Jakub war erleichtert, dass dadurch die angespannte Situation entschärft wurde. Der Tierarzt winkte seine Mitarbeiterin zum Behandlungstisch. „Sie auch, Herr Kovac!"

Ohne aufzuschauen erklärte Dr. Zodec dem Hundebesitzer, wie er das Auge entfernt hat und vor allem, warum er diesen endgültigen Schritt tun musste. Dabei streichelte er dem Hund immer wieder über den Rücken. Durch die rasierte Haut und das benutzte Silberspray zur Desinfektion der Operationswunde sah der vormals niedliche Mops regelrecht gespenstisch aus. Mit dem Hund kann ich nie wieder in die Öffentlichkeit treten, ging es Jakub durch den Kopf. „Das Fell wächst komplett wieder nach", betonte der Tierarzt mit abfälliger Stimme, nachdem er den entsetzten Blick des Mannes wahrgenommen hatte.

„Selbst die Narbe wird kaum auffallen, wenn man es nicht weiß, erst recht nicht bei einem schwarzen Mops. In 10 Wochen ist alles wieder zugewachsen. Jakub wollte grade durchatmen, als Dr. Zodec ihn am Oberarm packte. „Und wenn sie weiter so unverantwortlich handeln und ihre Prioritäten falsch setzen, dann kann ich ihnen versprechen, dass in 10 Wochen auch das andere Auge entfernt werden muss."

Die Arzthelferin holte drei kleine Tuben verschiedener Salben aus einer Schublade. Nach wie vor umklammerte die Hand des Tierarztes Jakubs Oberarm. Den Versuch, sich zu befreien, gab Jakub sofort wieder auf. Er musste automatisch an eine Schraubzwinge denken. „Diese drei Salben werden sie dem Mops fünfmal am Tag in das verbliebene Auge geben und in zwei Wochen kommen sie wieder und dann schauen wir mal weiter!"

Dr. Zodec wies zur Tür und machte damit klar, dass die Unterhaltung beendet war. Als Jakub hinausging, hielt ihm der Tierarzt die Hand entgegen, und Jakob griff automatisch nach ihr. Etwas länger und etwas kräftiger als nötig drückte Dr. Zodec zu, während er mit der anderen Hand die Rechnung zückte, die ihm die Arzthelferin kurz zuvor gebracht hatte. „Ich bin noch nie auf meinen Kosten sitzen geblieben." Mit einem nochmals verstärkten Händedruck machte der 140 Kilo-Mann Jakub klar, dass er sich seinen Verpflichtungen nicht entziehen konnte.

18. Tierquäler

Als der Anruf kam vergnügte sich Igor Toschenko gerade mit einem jungen Mädchen. Die Eltern dieser jungen Dinger nutzten jede Möglichkeit, zu seiner Gunst zu kommen. Völlig blind für die Angst und das flehende Bitten ihrer Töchter, sie nicht zu den Klavierstunden dorthin zu schicken.

Sein Gesprächspartner sagte: „Wir haben einen passenden gefunden.", Igor sprang auf und schubste das Mädchen zur Seite. Sie hatten einen passenden gefunden. Aufgeregt lief er auf und ab, während er sich über Ort und Zeit informierte. Igor beendete das Telefonat und jagte das Mädchen zum Teufel. „Ich habe jetzt etwas Besseres vor."

Auf dem Gelände einer alten Firma vor den Toren der ukrainischen Hauptstadt Kiew stand bereits ein Kastenwagen, als Igors Wagen vorfuhr. Einer seiner Leibwächter öffnete ihm die Autotür und er konnte schon das wütende Gebell eines Hundes hören. Obwohl Igor wusste was jetzt kam, und er der Herr über die ganze Szenerie sein würde, übermannte ihn die Angst. Er konnte nur mit Mühe seine weichen Knie in seiner Gewalt halten.

Als er mit seinen beiden Leibwächtern auf einen Hinterhof der Fabrikruine kam, sah er den dort angebundenen Deutschen Schäferhund. Dem war klar, dass dieser Tag ziemlich mies für ihn enden würde. Einer von Igors Bediensteten, der auch den Hund besorgt hatte, kam ihm entgegen. Nachdem er die wackligen Knie seines Chefs bemerkte, drückte er ihm einen Viehtreiber in die Hand. Der Stiel des Elektroschockers war lang genug, um diesem kläffenden Scheißköter nicht zu nahe kommen zu müssen. Igors Beine waren mit der Waffe in der Hand gleich viel standfester. „Macht ihn nass!" Igor gluckste vor Entzücken, „Macht das Vieh nass!" Zwei Eimer Wasser klatschten auf den Hund, der sich mit eingezogenem Schwanz und fletschenden Zähnen zurückzog. Am liebsten würde er sofort beginnen, aber da der Schäferhund sich zurückgezogen hatte, wusste er nicht bis wohin die Leine reichte. Igor war noch weit genug weg, als der Hund plötzlich hervorsprang. Vor Schreck ließ Igor den Elektroschocker fallen und fiel bei seinem überhasteten Rückzug in den Dreck. Das Seil, das man dem Schäferhund um den Hals gebunden hatte, war jetzt straff gespannt. Igor raffte sich auf und ging auf den Hund, der wütend bellte, zu. Weit kam er aber nicht, da seine Beine ihm abermals den Gehorsam verweigerten. „So geht das nicht, so kann ich nicht arbeiten", jammerte Igor, „bindet ihm einen Maulkorb um!" Zwei der drei Bediensteten sahen sich angesichts des tobenden Hundes ratlos an. Wie sollen sie an diesen Hund herankommen, ohne selber in Gefahr zu geraten? Igor, der die Gedanken der Männer zu ahnen schien, drangsalierte einen von ihnen ungeduldig mit dem Viehtreiber. „Los jetzt!" Der Jüngere der beiden ging nun mit einer Fangstange auf den Hund zu und versuchte, ihm die Schlinge über den Kopf zu ziehen. Das misslang jedoch gründlich. Als der Schäferhund auf ihn zustürzte und der Mann bei seinem Rückzug stolperte, war die erste Runde geklärt. Sie ging eindeutig an den Hund, der sich in das Bein des Mannes verbissen hatte und diesen markerschütternd schreien ließ. Einer der Leibwächter zog seine Waffe, um dem Mann zu Hilfe zu kommen. Aber Igor schrie ihn an und fuchtelte mit dem Elektroschocker vor seinem Gesicht. „Ich brauche ihn lebend! Erschieß den Dummkopf, aber rühr mir den Hund nicht an!" Inzwischen hatten die beiden anderen Bediensteten den Hund überwältigt und mit zwei Fangstangen fixiert. Der Leibwächter zog den verletzten Mann aus dem Gefahrenbereich. Während die beiden Bodyguards den bewusstlosen Verletzten notdürftig versorgten, legten die zwei anderen Männer dem Hund einen Maulkorb an. Igor markierte die Reichweite der Leine des Hundes mit einem Strich im Schmutz des Bodens. Er konnte gerade noch einen Satz zurückmachen, als der Schäferhund wieder vorgeprescht kam. Jetzt war er mutiger und ging auf das Tier zu. Sein Arm schnellte hervor und der Elektroschocker traf die Schulter des Hundes. Der jaulte auf, und Igor wusste, dass er gewonnen hatte. Speichel lief ihm aus dem Mund, als er zu sich selber sagte: „Jetzt mache ich dich fertig."

Allerdings war das gar nicht so einfach, denn der Hund war nicht dumm, Igor dafür umso mehr. Und nachdem zwei weitere Stöße mit dem Elektroschocker nicht wirkungsvoll genug waren, drangsalierte er die Bediensteten mit dem Stock, während diese sich um ihren verletzten Kollegen kümmerten. „Fesselt dieses Vieh, es hat Urkräfte!" Die beiden Männer warfen sich auf den Hund, der sich krampfhaft wehrte. Schließlich lag er mit gefesselten Beinen auf der Erde. Igor stach noch mehrmals mit dem Stab zu, und fügte dem Tier dadurch einige Fleischwunden zu. „Ihr werdet dafür zahlen! Für alles, was ihr mir in meiner Kindheit angetan habt!" Hysterisch schrie er die Worte heraus und übertönte das verzweifelte Winseln des Hundes. Dann wurde Igor ganz ruhig und kniete sich vor den Kopf des Tieres, das nun nicht mehr winselte, sondern knurrte. Es konnte damit aber nicht verhindern, dass Igor ihm das Seil mehrfach um den Hals legte. Nun winselte der Hund wieder, als wüsste er, dass sein Ende nahte. Igor schaute ihm in die Augen und zog langsam die Schlinge zu. Der Hund wand sich noch mal, wollte sich aufrappeln, kippte wieder um und ergab sich letztendlich seinem Schicksal. Seine Augen funkelten, als würde er sagen wollen: „Beende es endlich, du Schwein!", und quollen immer weiter aus den Augenhöhlen. Igor hielt dem Blick stand, er wollte das Leben entweichen sehen.

Als der Hund tot war, schrie Igor auf. „Jaaa." Er schaute zu seinen Leibwächtern, die aber genauso wenig Emotionen zeigten, wie die beiden unversehrten Bediensteten. Lediglich die Frau, die hinter einer Mauer mit ihrer Kamera dieses Verbrechen gefilmt hatte, biss sich auf die Lippen bis sie bluteten, um jegliche Worte, Beschimpfungen und Flüche herunterzuschlucken. Nur die Tränen konnte sie nicht aufhalten, und die liefen ohne Unterbrechung.

19. Spionage

Mandy schmachtete nach einer Zigarette, aber es war kein Geld im Haus. Bis ihr Mann Silvio von der Arbeit kam, würde es noch ewig dauern. Im Zimmer ihres Sohnes hatte sie auch keine gefunden. Wie kommt sie jetzt an Zigaretten? Ihr Blick fiel auf die Notizen, die sie im Internet und speziell in dem Forum der HuMiFs zusammengetragen hatte. Die Infos würden Olga mit Sicherheit nicht zufrieden stellen, aber vielleicht macht sie ein paar Euros locker, wenigstens für eine Schachtel Zigaretten.

Mandy rief bei Olga an. Die beiden hatten sich darauf geeinigt, dass Mandy niemals, wirklich niemals unangemeldet bei Olga klingeln durfte. Den Sinn verstand Mandy nicht ganz und Olga würde einen Teufel tun, ihr auf die Nase binden, dass sie sich kaum auf den Beinen halten konnte und dann vielleicht noch vor den Augen der Nachbarin zusammenklappen würde. Olga bestellte ihre Informantin 10 Minuten später zu sich. Die Zeit sollte reichen, um die Wohnungstür zu öffnen und sich dann wieder im Wohnzimmer ins Bett zu legen. Hoffentlich hat sie ein paar Infos bekommen, dachte sich Olga, ansonsten kann sie was erleben.

Mandy machte sich zehn Minuten nach dem Telefonat auf den Weg in die vierte Etage. Sie betrat die Wohnung und schloss die Tür hinter sich. Mandy versuchte, Selbstsicherheit auszustrahlen, aber das klappte überhaupt nicht. Schweißperlen standen auf ihrer Stirn. „Ich wollte mir meinen Verdienst abholen", forderte sie mit unsicherer Stimme und wedelte mit dem Zettel, auf dem sie sich die wenigen uninteressanten Notizen gemacht hatte.

Olga bemerkte die Unsicherheit und musste grinsen, was Mandy selbstverständlich bemerkte. Das sollte sie ja auch. Mandy reichte ihrer Auftraggeberin den Zettel und erschrak, als diese sie anschrie. „Du willst mich wohl verarschen?" Die Petrova hatte die Infos nicht einmal durchgelesen. Es reichte ihr schon zu sehen, dass hier extra großgeschrieben wurde, damit es nach mehr aussah, und dass dieses Stück Papier anscheinend auch noch als Kaffeetassen-Untersatz benutzt wurde. Nach dem sie die paar Stichpunkte überflogen hatte, fragte sie nur: „Was soll ich damit, was ist das? Das ist gar nichts. Wie dämlich bist du eigentlich? Versuchst du dich lustig über mich zu machen?" Es war gar kein Vergleich zwischen dieser Administratorin aus dem Forum, die alles und jeden niedermachen konnte, und diesem Häufchen Elend, das hier vor dem Bett einer schwerkranken Frau stand und selbst Opfer von Unverschämtheiten wurde.

Mandy war den Tränen nahe. „Da kommt nicht mehr von denen. Wahrscheinlich schreiben die sich solche Sachen über PN." „Und warum liest du dann nicht die PNs? Gibt es da keine Möglichkeiten für dich?" Olgas Stimme ging wieder ins Zuckersüße über, während sie genüsslich den Zettel zerknüllte. Dann holte sie eine Packung Zigaretten hervor und zündete sich eine an. Sie bekam wohl mit, wie Mandys Augen an der Zigarette klebten. Total überraschend nahm Olga fast schon zärtlich Mandys Hand, legte die beinah volle Schachtel Zigaretten hinein und zischte dabei. „Du wirst doch bestimmt einen Weg finden, um die PNs zu lesen, so klug wie du bist. Ich bin so froh, dass du mich unterstützt, was sollte ich nur ohne dich machen?" Olga ließ die Hand los und erhöhte die Lautstärke des Fernsehgerätes. Das war das Zeichen, dass Mandy verschwinden durfte. Sie hatte die Wohnung in der vierten Etage noch nicht ganz verlassen, da zündete sie sich schon eine Zigarette an.

Luna war so in Rage, dass sie Rene per PN von dem Auftritt des Tierarztes erzählte. Der Bauzeichner war auch eine Pflegestelle der Tierschutz-Orga, in der Luna aktiv war, und tauschte sich öfters mit ihr aus. Er kannte natürlich auch die Story, mit der Dr. Frank Zodec damals in der Szene bekannt wurde. Luna ließ jegliche Vorsicht außer Acht und erzählte von Franks Reuebericht, und dass er mit Hilfe der Frydoks die Hunde aus der Tötungsstation Hradec befreien will, irgendwann im Januar. Sie vermied es aber, sich als Teil der Frydoks zu outen. In ihrer PN klang es so, als stände Dr. Zodec mit den Frydoks in Verbindung und bräuchte Luna nur als Pflegestelle.

Von Rene kam keine Antwort. Das Klingeln ihres Telefons ignorierte Luna noch einen Augenblick. Sie war so in Fahrt, dass sie voller Häme noch einen draufsetzte. „Als wenn die zu dritt den ganzen Laden leerräumen könnten." Sie sendete auch diese PN und ging dann ans Telefon. Bevor sie was sagen konnte, herrschte der sonst so besonnene Rene sie an: „Bist du verrückt? So etwas kannst du doch nicht öffentlich schreiben!"

Luna war etwas entsetzt über diese Begrüßung. „Wieso öffentlich, ich habe es dir doch als PN geschickt." Am anderen Ende der Leitung schüttelte Rene den Kopf. „Mensch Luna, wollen wir mal hoffen, dass das nicht bei den falschen Adressen ankommt. Ich denke da so an unsere Landeshauptstadt."

20. Im Tierheim

Es waren jetzt zwei Monate vergangen, seitdem Pavel sein rechtes Auge verlor. Die Tierarztrechnung war in zwei Raten bezahlt worden und die drei kleinen Tuben mit Augensalbe noch unbenutzt. Pavels linkes Auge quoll vor, wie vor zwei Monaten das rechte. Der Mops hatte zwar noch keine Schmerzen, war aber schon so gut wie erblindet und verhielt sich dementsprechend verunsichert.

„Warum tust du ihm das an?" Jakub Kovac saß vor dem Fernseher und schaute die Nachrichten, als Helena in der Wohnzimmertür stand. In ihrer Hand hielt sie drei Tuben mit Augensalbe. „Der arme Kerl bekommt ja noch nicht mal eine Chance. Du bist..." „Ja, was bin ich denn?" Jakub unterbrach seine Tochter mit einem hämischen Grinsen. „Du bist ein Monster, ein Tierquäler." Ihre Stimme überschlug sich vor Wut und sie wollte ihrem Vater noch mehr Beleidigungen an dem Kopf werfen. Der ließ die Worte aber an sich abprallen und nahm unbeeindruckt die Fernbedienung des Fernsehers und erhöhte die Lautstärke. Helena erstickte fast an dem letzten Wort, als sie dermaßen mit Ignoranz bestraft wurde. Ihr Kopf wurde dunkelrot und ihre Augen verengten sich zu Schlitzen. Zu Jakubs Erstaunen beruhigte Helena sich von jetzt auf gleich, und das dunkelrot wich wieder aus ihrem Gesicht. Doch dann ging sie zum Fernseher und schaltete ihn aus. „Du bist das Allerletzte." Die Wortwahl war im Grunde schon beleidigend, und wenn es ein Mädchen zu ihrem Vater sagt, dann auch sehr unverschämt. Das, was bei

Jakub aber eine Gänsehaut auslöste, war die Tonlage. Ruhig, abwertend und todernst gemeint.

Der kleine Jiri stand im Flur und lauschte dem Streitgespräch gespannt. Wenn seine Schwester jetzt noch eine gescheuert bekäme, dann wäre der Tag gerettet. Er erschrak, als Helena auf der Stelle eine Kehrtwende machte und das Wohnzimmer verließ. Und während er davon stürmte, konnte Jiri es nicht lassen, wieder einmal vor das Hundekörbchen zu treten. Der Mops hatte diese Prozedur zwar schon oft mitgemacht, aber jetzt wo er blind war, fuhr er bei Jiris Gemeinheiten erschrocken zusammen.

Helene verfolgte ihren Bruder, der in sein Zimmer stürmte und noch schnell die Tür zuwerfen wollte. Aber im gleichen Augenblick rammte Helena ihre Schulter so gegen das Türblatt, dass dieses mitsamt Jiri aufflog. Der wollte gerade losjammern, als seine Schwester über ihm stand und mit der flachen Hand zuschlug. Es klatschte, aber der Schmerzensschrei des geohrfeigten Kindes blieb aus. „Erschreckst du noch einmal diesen Hund…", zischte das Mädchen mit zusammengepressten Zähnen, „ärgerst du noch einmal diesen Hund…, tust du ihm noch einmal irgendwas an, dann schwöre ich dir…" Helena wurde an ihrem roten Haarschopf brutal zurückgerissen. „Jetzt reicht es aber, junge Dame." Wie auf Befehl fing Jiri an zu plärren und hielt sich die falsche Wange. Katerina zog ihre Tochter an den Haaren rückwärts aus dem Zimmer. Helena heulte los, wusste aber selbst nicht, ob aus Schmerz oder aber aus Wut. Im Flur löste ihre Mutter den Griff, und Helena fiel auf den Rücken. Sie rappelte sich sofort wieder auf und stand ihrer Mutter jetzt Auge in Auge gegenüber.

Mit Tränen im Gesicht flehte sie sie an. „Bist du denn auch so gefühlskalt, bekommst du das denn nicht mit? Der kleine Dreckskerl quält den Hund ständig und ihr schaut immer nur weg." Sie schaute zum Wohnzimmer hinüber. „Und der da, dem ist doch alles scheißegal. Der Hund muss zu einem Arzt, verdammt!" Wütend packte Katerina ihre Tochter an den Schultern und schüttelte sie. „So geht das mit dir nicht weiter, was glaubst du eigentlich, wer du bist?" Die tiefe Verzweiflung in der Stimme und auch in den Augen ihre Tochter schnürten ihr den Hals zu. „Es tut mir leid, mein Schatz", die Mutter schloss die Augen und schüttelte den Kopf, „Geld werden wir in den Kostenfresser nicht mehr reinstecken."

*

Es war jetzt etwa eine Woche nach dem Eklat und dieses ganze Theater schien wenigstens ein bisschen bewirkt zu haben. Jiri machte einen großen Bogen um Pavel, was vielleicht auch daran lag, dass sich seine geliebte Spielkartensammlung nun in Helenas Besitz befand. Viel eindrucksvoller war für ihn aber die Reaktion seiner Mutter, die ihn nach einer Aktion gegen den Hund, am Kragen packte und ihm ein paar unmissverständliche Worte sagte. Bei Katerina Kovac stand weniger das Wohlergehen des Hundes im Vordergrund, vielmehr störte sie die mittlerweile unerträgliche Atmosphäre zwischen den einzelnen Familienmitgliedern.

Helena salbte Pavels Auge nun regelmäßig und hoffte, dass ein Wunder geschah, aber sie hatte die Befürchtung, dass auch bald diese Gesichtshälfte eine lange Narbe aufweisen würde.

*

Eines Morgens, als Helena aufwachte und wie üblich erst einmal den Weg zur Toilette suchte, nahm sie eine Veränderung unbewusst wahr. Während sie im Bad war, meldete sich immer wieder ihr Unterbewusstsein und signalisierte ihr, dass etwas nicht stimmte. Aber was das hätte sein können, kam ihr nicht in den Sinn. Dann fiel es ihr wie Schuppen von den Augen. Helena rannte in den Flur und tatsächlich..., Pavels Körbchen war weg.

Sie lief zur Küchentür und schaute zu der Stelle, wo eigentlich der Trinknapf stand, aber auch der war nicht mehr da. Mit der Hoffnung, dass es auch diesmal nur ein böser Traum war, kniff sich das Mädchen in den Arm, aber der Schmerz gab ihr die Antwort: Sie war hellwach. Mutter und Vater saßen am Küchentisch und tranken Kaffee. Sie bemerkten zwar ihre Tochter, ignorierten sie aber. Tränen liefen über Helenas Gesicht, und sie hoffte auf eine Reaktion ihrer Eltern. Aber es kam nichts.

Helena ging weinend zurück in ihr Zimmer. Alles hätte sie ihren Eltern zugetraut, aber nicht das. Zeitgleich betrat im naheliegenden Tierheim eine Mitarbeiterin die Räumlichkeiten. In ihrem Arm trug sie einen schwarzen Mops, den sie kurz vorher in einer Transportbox am Zaun des Tierheims gefunden hatte.

*

Es war ein früher Dezembermorgen, als Jakub
Kovac mit Pavel in Richtung Tierheim aufbrach, um ihn dort
loszuwerden. Für den Familienvater war es nicht nur der finanzielle Aspekt, der ihn zu diesem Schritt bewegte. Nein,
seine Ehre war verletzt. Dieser verdammte Köter hatte ihn in
Stich gelassen, hatte ihn vor den Leuten, vor seinen Kunden
blamiert. Wenn es nach ihm, nach Jakub Kovac, gegangen
wäre, dann hätte er dieses Kapitel schon wesentlich früher
beendet.

Katerina war zwar die unnötige Geldverschwendung
für Tierarztrechnungen auch ein Dorn im Auge, ausschlag-
gebend war für sie aber die steigende Disharmonie zwischen
den einzelnen Familienmitgliedern. Sie war allen Ernstes davon überzeugt, dass alles wieder wie früher werden würde,
wenn der Hund erst einmal weg wäre. Und so wurde diese
Entscheidung zwischen den Eheleuten getroffen, während
die Kinder nebenan friedlich schliefen.

Auch Pavel lag zusammengerollt in seinem Körbchen und träumte grunzend. Eigentlich wollte Jakub noch
am selben Abend mit dem Hund aufbrechen und ihn der ei-
sigen Nacht überlassen. „So erspart er sich wenigstens das
Tierheim. Da gilt das Gesetz des Stärkeren." Katerina packte
ihren Mann an den Arm. „Du wirst ihn nicht einfach nachts
aussetzen, das hat der kleine Kerl nicht verdient. Du bringst
ihn ins Tierheim und dann ist es gut." Jakub war außer sich,
und hätten nicht nebenan die Kinder geschlafen, dann hätte
er sich wohl im Ton vergriffen. So zischte er seine Frau nur

an. „Im Tierheim erlischt sein Knuddelbonus und mit der Erblindung stehen seine Überlebenschancen sowieso schlecht." Katerinas Blick gab ihren Mann zu verstehen, dass sie an diesem Punkt nicht mit sich verhandeln ließ. Damit verschaffte sie dem Mops zumindest bis zum nächsten Morgen eine Galgenfrist.

*

Um fünf Uhr morgens wurde der kleine Kerl aus dem Schlaf gerissen und in eine Transportbox gesteckt. Die Gedanken der ersten Sekunden, in denen Pavel glaubte, es würde nun etwas zu fressen geben, erstarben mit dem Verschließen der Box. Katerina lag mit offenen Augen im Bett und zuckte bei jedem Geräusch, das aus dem Flur zu ihr drang, zusammen. Ihr Hals war wie zugeschnürt und sie wusste, dass sie sich grade an einem Lebewesen versündigten. Als ein helles Bellen von dem Mops erklang, konnte sie ihre Tränen nicht mehr zurückhalten. „Um Gottes willen, verzeih uns Pavel!"

Jakub nahm die übrigen Hundesachen, schaffte sie in sein Auto und fuhr dann mitsamt der Transportbox zum Tierheim. Unterwegs kam immer wieder ein halblautes Bellen von Pavel. Nicht zu laut, vielleicht aus Angst, sein Herrchen zu verärgern. Vielleicht spürte der kleine Mops aber auch, dass die angenehmen Zeiten in einem warmen Zuhause bald vorbei sein würden.

Das Auto hielt an der Einfahrt zum Tierheim und Jakub entledigte sich am Zaun von allem, was mit dem Kapitel Hund zu tun hatte. Das Körbchen warf er als Letztes an den Zaun, bevor er sich die Transportbox schnappte und auch diese zu den übrigen Sachen werfen wollte. Ein vorsichtiges Jaulen ließ ihn in seiner Bewegung verharren. Jakub schluckte schwer und stellte die Box dann behutsam neben die anderen Sachen. „Mach es gut Pavel." Er stieg ins Auto und verschwendete nach wenigen Metern schon keinen Gedanken mehr an das Thema Hund. Als er nach Hause kam, legte er sich wieder ins warme Bett und schlief kurz darauf ein. Neben ihm lag seine Frau, immer noch mit geöffneten an die Decke starrenden Augen.

*

Pavel saß in der Box und wusste immer noch nicht, wie ihm geschah. Er merkte nur, dass er allein war und dass es sehr viel kälter war als noch vor Kurzem. Irgendwann rollte er sich zusammen und schlief trotz Kälte ein. Der kleine Kerl jammerte und zuckte im Schlaf und träumte davon, wie er eng bei seiner Mutter lag. Er erwachte, als ihn jemand mit warmen Händen aus der Box nahm und mit einer hellen freundlichen Stimme ansprach. Vielleicht gab es jetzt ja etwas zu fressen?

*

Die Tierheimmitarbeiterin gab dem kleinen Kerl zu trinken und fütterte ihn mit ein wenig Dosenfutter. Es war das erste Mal, dass Pavel etwas anderes als Trockenfutter bekam und es schmeckte ihm vorzüglich. Da auch die Frau, die sich um ihn kümmerte, einen netten Eindruck machte, fand sich der Mops mit der neuen Situation schnell ab. Nachdem er aufgewärmt war und mehrere Untersuchungen über sich hat ergehen lassen müssen, wurde er in einen leeren Käfig gesetzt, eigentlich hätte er ja lieber sein Körbchen gehabt.

Am Nachmittag kam eine andere Frau zu seinem Käfig. Es war nicht die Stimme der netten Frau von heute Morgen, das hörte Pavel sofort. Aber wenn er von ihr auch was von diesem saftigen Fressen bekommen würde, dann wäre ihm das egal. Anstatt ihm seine zweite Mahlzeit zu geben, nahm diese Person ihn jedoch aus seinem Käfig. „So Bürschchen, die Extrawürste sind jetzt vorbei. Gewöhne dich an die Realität!" Mit den Worten setzte sie ihn in einen größeren Zwinger, in dem schon andere Hunde seiner Größe waren.

Allerdings waren die davon gar nicht so begeistert, denn das hieß, dass das wenige Futter mit noch jemand geteilt werden musste.

Pavel hatte schon ein ziemlich ungutes Gefühl, als die Käfigtür hinter ihm ins Schloss fiel. Sein Kringelschwanz hing schlapp nach unten und seine Nackenhaare sträubten sich. Das Knurren kam von vielen Seiten und er konnte unmöglich abschätzen, wie viele ihn da „begrüßen" wollten. Im nächsten Augenblick wurde Pavel attackiert und er verstand die Warnung sofort. Er rannte zur linken Seite und prallte gegen die Gitterstäbe, rappelte sich auf und rannte wieder links um wieder vor Gitterstäben zu prallen. Dort in der Ecke blieb Pavel sitzen. Den Rücken zur Wand, abwartend, was da noch so auf ihn zukam. Ein vereinzeltes Knurren näherte sich ihm und drehte dann wieder ab. Pavel nahm zwar verschwommene Schemen war, erkannte aber nicht, was sich da bewegte. Ihm war klar, dass er sich nur noch auf seine Nase und seine Ohren verlassen konnte.

In seiner Ecke war Pavel zwar nicht vor den Angriffen der anderen Hunde sicher, aber trotzdem würde er ab nun die meiste Zeit dort sitzen, denn er hatte zu beiden Seiten Gitter und die Gefahr konnte nur noch von vorne kommen.

Nachdem er mehrmals rüde angegangen worden war, während er zusammengerollt in der Ecke schlief, trauerte er den fiesen Späßen des blöden Jiri hinterher. Der Bengel war zwar nervig, aber nicht gefährlich. In dieser Falle hier konnte Pavel machen, was er wollte, er wurde immer wieder angegangen. So nahm er sich vor dort, in seiner Ecke einfach sitzen zu bleiben und abzuwarten.

*

Pavels Situation bemerkten auch die Mitarbeiter des Tierheims, aber sie hatten nicht genug Platz, um alle Hunde in Einzelzwingern unterbringen zu können. Außerdem wurde der Mops nicht bösartig verletzt. Er saß halt mit gesenktem Kopf in seiner Ecke, und die anderen ließen ihn zunehmend in Ruhe.

Pavel hatte nun schon mehrere Tage nichts mehr gefressen, denn sobald er sich zur Fütterungszeit den Fressnäpfen näherte, ließ ihn das Knurren der anderen wieder zurückweichen. Untereinander schienen sich die anderen Hunde über die Rangfolge geeinigt zu haben. Leider hatten sie für Pavel dort keinen Platz gelassen. Immerhin kam er ans Wasser, während die anderen fraßen. Nach ein paar Tagen wusste er ganz genau, wann es wieder Zeit war, sich in seine

Ecke zurückzuziehen, bevor die anderen Hunde wieder über ihn herfielen.

Am Anfang versuchte Pavel noch nach der Fütterung aus den leeren Näpfen einige Krümel zu erhaschen, aber auch das ließen die anderen nicht zu. So kam es, dass er seine Ecke gar nicht mehr verließ.

*

Nach knapp einer Woche im Tierheim brach der schwarze Mops entkräftet in seiner Ecke zusammen. Es war die Frau mit der hellen freundlichen Stimme, die ihn aus dem Zwinger trug und das hysterische Gebell, das Pavel im Unterbewusstsein mitbekam, hörte sich wie Siegesgeschrei an.

Die Tierheimmitarbeiterin setzte den Mops in einen separaten Käfig, in dem er wieder aufgepäppelt wurde. Pavel sehnte sich nach Helenas Stimme, er wollte wieder von Jiri erschreckt werden und mit Katerina zur Hundewiese gehen. Er wollte so vieles, aber vor allem wollte er nicht wieder in diesen Zwinger, in dem ihm blanke Feindseligkeit entgegenschlug.

Es vergingen einige Tage, die Pavel in seiner Einzelhaft genoss und halbwegs wieder zu Kräften kam. Doch als er diese Stimme hörte, die grobe Stimme dieser Frau, die ihn neulich schon in den großen Zwinger sperrte, zog sich der Mops ängstlich in seinem kleinen Käfig zurück. „Knurr du mich an Bürschchen." Mit diesen Worten packte sie Pavel und sperrte ihn wieder zu den anderen Hunden. Knurren schlug ihm entgegen, und bevor er wieder angegriffen wurde, trottete er wieder in seine Ecke, setzte sich und ließ sein Köpfchen hängen.

*

Wie zu jedem Jahresanfang wurde im Tierheim eine Art Inventur durchgeführt. Durch das mangelnde Interesse der Leute an einen Tierheimhund und dem rasant wachsenden Billighund-Markt waren die Kapazitäten des Pilsener Tierheims auch in dem vergangenen Jahr schnell ausgeschöpft. Und da dieser Ort chronisch überbelegt war, hatte man vor mehreren Jahren beschlossen, jeweils zu Neujahr eine Amnestie auszusprechen. Eine Entlassung von so vielen Tieren, dass anschließend wieder genug Platz für Neuankömmlinge vorhanden war. So wurde auch das Jahr 2011 mit dem Aussortieren der Tiere begonnen, die bissig, alt oder einfach nicht mehr zu gebrauchen waren.

In einzelnen Käfigen wurden am zweiten Januar 2011 15 Hunde in einen Kleinlaster verfrachtet. Einer davon war ein kleiner schwarzer Mops, der auf den kalten Gitterstäben fast blind in die Dunkelheit starrte.

*

Im Sonnenuntergang dieses klaren kalten Januar-Tages befuhr der Kleinlaster die Zufahrtsstraße zur Tötungsstation in Hradec.

Die beiden Wachleute kontrollierten die Papiere des Transporters, öffneten anschließend das Rolltor und ließen den Wagen in die Halle fahren. Dieser Lärm aus bellen und jaulen, der die Wände zum Vibrieren brachte, ließ die 15 Hunde im Transporter aufschrecken und mit einstimmen. Eigentlich nicht alle 15, denn ein Hund saß still und mit hängendem Kopf in der Ecke seines Käfigs.

21. Gegenwehr

As Mandy die PN las, konnte sie ihr Glück kaum fassen. Sie druckte die Nachricht aus und hielt das Blatt Papier mit beiden Händen vor sich. Sie überflog den Ausdruck noch mal und ging beim Lesen in Richtung Wohnungstür. Mandy riss die Tür auf und jagte die Treppe zur vierten Etage hoch. An die Abmachung mit dem vorherigen Telefonat und der damit vermutlich verbundenen Abstrafung durch Olga dachte sie gar nicht mehr.

Wozu braucht man eine Klingel, wenn man zwei Fäuste hat? Mandy hämmerte an die Tür, als stände der Teufel hinter ihr. Erst als Olga öffnete und ihren Gast mit einem Blick empfing, der die Hölle hätte gefrieren lassen, wurde Mandy bewusst, dass sie gegen die Abmachung verstoßen hatte. Zum allerersten Mal sah sie die Nachbarin aus der vierten Etage nicht im Bett liegen, sondern vor ihr stehen. Olga Petrova war für eine Frau riesig, mindestens ein Kopf größer als Mandy, und die war mit ihren einen Meter und siebzig wahrlich nicht klein. Die Petrova fixierte sie wie die Schlange eine Maus kurz vor dem Todesstoß.

„Ich habe alles was du brauchst. Im Januar schlagen die Frydoks in Tschechien zu." Die Worte hallten im Treppenhaus wider, als würden sie durch ein Megafon verstärkt. Olga konnte es nicht fassen. „Komm rein, du dämliche Kuh!" Sie riss Mandy den Ausdruck aus der Hand. Ja, so sieht eine Info aus. Ein breites Grinsen zeichnete sich in Olgas Gesicht ab. Mandy grinste genau so breit. Allerdings wurde ihr Gesichtsausdruck schlagartig ernst, als Olga sie anschaute. „Das hast du feingemacht, mein Mädchen, du hast dir dein Geld verdient. Ich lasse es dir zukommen, die volle Summe. Ich bin sehr zufrieden mit dir." Mit jedem Wort drängte Olga ihre Nachbarin aus der Wohnung. Als Mandy knapp hinter der Türschwelle stand, flog die Wohnungstür zu.

*

Igor Toschenko saß mit geschlossenen Augen an seinem Klavier und nahm das Telefon erst nach dem vierten Klingeln wahr. Er war überrascht, Olga am anderen Ende zu hören. Dass sie auch noch die gewünschten Informationen beschaffen konnte, beeindruckte ihn. Seiner damaligen Geliebten traute er mittlerweile gar nichts mehr zu. Eine kranke Frau, die den ganzen Tag im Bett lag.

An die Frydoks hatte er schon gar nicht mehr gedacht. Schmierfinken, die sich wichtigmachen wollten. Dass die jetzt aber auch außerhalb von Deutschland operieren wollten, störte ihn ein wenig. Da es den Informationen nach aber lediglich drei Personen waren und dazu noch ein alter Arzt, sah er sich nicht gezwungen, große Geschütze aufzufahren. Ein paar Schläger, die die drei ein wenig aufmischten, sollten reichen. Schließlich verabscheute er Gewalt, zumindest gegen Menschen. Ein Lächeln huschte über sein Gesicht. „Bring den Zettel zu deinem Nachbarn Max Schmidt. Sprich ihn mit Maxxim an, dann weiß er, dass seine Tarnung aufgeflogen ist. Er soll mich anrufen, ich habe einen Auftrag für ihn." Igor beendete das Telefonat, schloss die Augen und ließ seine schlanken Finger wieder über die Tasten fliegen.

Olgas Euphorie war wie weggeblasen. Sie hatte sich in Igor nicht getäuscht. Er hatte ihr tatsächlich einen Wachhund an die Seite gestellt.

22. Hradec

Luna wollte mit der ganzen Sache nichts zu tun haben. Ihr taten zwar die Tiere leid, aber mit Frank Zodec wollte sie keine Geschäfte machen. Der Polizei gab sie, entgegen der Bitte von Ben und Torben, auch bereitwillig Auskunft über den Tierarzt, der in Deutschland nicht mehr praktizieren durfte und deshalb seine krummen Geschäfte nun im Ausland ausübte. Die Beamten nahmen die Aussage ordnungsgemäß auf, aber zu Ben und Torbens Erleichterung merkte man ihnen an, dass diese Sache wohl ganz weit unten im Stapel der zu bearbeitenden Fälle landen würde. Viel schlimmer war Lunas Ankündigung, dass sie nicht eines von den Tieren aus der Station bei sich aufnehmen würde. Sie sei nicht dafür da, hinter Frank Zodec aufzuräumen. Aber über das Problem konnte man sich auch noch später den Kopf zerbrechen.

Die drei verbliebenen Mitglieder der Frydoks waren in Torbens grauem Lexus auf dem Weg nach Hradec. Die genaue Adresse und weitere Informationen hatte Torben per SMS von Frank bekommen. Auch die Anschrift von einem Bauern aus Hradec kam per SMS. Dieser Bauer würde für den Tierarzt alles machen, seitdem Frank einmal mitten in der Nacht das Leben seines geliebten Hofhundes gerettet hatte. Frank hatte nichts dafür genommen. Er wusste, dass der Tag kommen würde, an dem er auf die Hilfe des Bauern angewiesen sein würde. Und dieser Tag war nun gekommen.

Bereitwillig gab der Bauer seine Zusage, Frank den Lieferwagen solange zur Verfügung zu stellen, wie dieser ihn be-
nötigte.

Als die drei Tierfreunde am frühen Abend auf dem
Hof angekommen waren, sahen sie den Kleinlaster schon in
der Hofeinfahrt stehen. Im Licht des Vollmondes konnte
man eine Gestalt neben dem Wagen stehen sehen. Ein
Mensch war es nicht. Es war eindeutig ein Tier. Ein Kalb
vielleicht oder ein sehr großer Hofhund. Während sie die Zufahrtsstraße zum Bauernhof befuhren, erkannten sie in dem
großen Tier einen prächtigen Berner Sennenhund. Vom Bauern war nichts zu sehen. Torben hielt direkt vor dem Hund,
der nicht einen Zentimeter zur Seite wich. Die drei Insassen
des PKW schauten sich an, und Torben überlegte, ob er lieber hupen sollte, damit der Bauer den Hund an die Leine
nahm. Tina nahm sich ein Herz und stieg aus. Der Sennenhund musterte sie und kam vorsichtig und schwanzwedelnd
auf sie zu. Nun stiegen auch die beiden Männer aus. Während Torben zu Tina und dem Hund ging, inspizierte Ben
den Sprinter. „Hier hängt ein Zettel", rief er, riss ihn ab und
zeigte ihn Torben, der ein wenig tschechisch konnte und die
Nachricht des Bauern übersetzte. Er ließ sie wissen, dass der
Schlüssel stecken würde und sie den Wagen nach Gebrauch
dort wieder abstellen sollten. Und einen schönen Gruß an Dr.
Zodec. Anscheinend vertrat der Bauer die Meinung, je weniger er wusste, desto weniger Ärger konnte er sich einhan-
deln. Ben und Tina stiegen in den Transporter und alle drei
fuhren mit den beiden Fahrzeugen vom Hof. Zurück blieb
ein Hund, der die Größe eines Kalbes hatte.

Auf einem naheliegenden Parkplatz wurde noch mal gestoppt. Torben sprang in die Fahrerkabine des Transporters und die drei gingen nochmals ihren Plan durch. Torben drückte Ben ein WalkiTalki in die Hand, so würden sie auf dem Gelände in Verbindung bleiben. Es war jetzt 20 Uhr. Noch vier Stunden bis Mitternacht, dann würden die Frydoks ihre bisher größte Aktion starten. Sie würden eine Menge Beweisfotos über die sozialen Netzwerke verbreiten und als Sieger über die Tierquäler bekannt werden.

Kurz vor Mitternacht machten sie sich auf den Weg. Torben fuhr voraus und Ben blieb mit passendem Abstand dahinter. Nach gut zwanzig Minuten erreichten sie die Zufahrtsstraße zur stillgelegten Wassermühle.

Der Lieferwagen hielt am Straßenrand. Hinter der nächsten Rechtskurve mussten sie noch gut hundert Meter bis zum Haupttor zurücklegen. Torben legte den Rückwärtsgang ein und fuhr seinen Lexus in einen unbefestigten Seitenweg. Irgendwie hatte er ein unangenehmes Gefühl im Bauch. Man hörte keine Hunde bellen und man sah auch kein Wachpersonal. Der Weg knickte ab und lag jetzt parallel zur Zufahrtsstraße. Der Wagen setzte ein paarmal auf, und wieder einmal bereute er seinen Hang zu diesem unpraktischen Sportwagen. Torben parkte den Wagen im Schatten eines Gebüschs. Die Helligkeit, die der Vollmond verbreitete nahm ihnen den Schutz der Dunkelheit. Rechts neben ihm lag die berüchtigte Tötungsstation Hradec. Nur ein Steinwurf entfernt warteten zig Hunde auf ihre Rettung.

Über das Sprechfunkgerät informierte er die beiden anderen, dass er am Haupttor auf sie stoßen würde. Es musste jetzt schnell gehen. Bevor die beiden Wachmänner kapierten, wie ihnen geschah, mussten sie überrumpelt sein. Nur wo waren sie? Die Eingangstür, links neben dem großen Rolltor war nicht verschlossen. Torben schien der einzige zu sein, dem das Ganze merkwürdig vorkam. Er hoffte insgeheim, dass einer der anderen auch Zweifel äußern würde, dann hätte er die Aktion abgeblasen. Aber so schlüpfte einer nach dem anderen in die dunkle Halle.

Die Drei schauten sich um und erkannten links und rechts an den Wänden unzählige Käfige, die in Viererreihen übereinandergestapelt waren. Es war totenstill. Nicht nur diese erdrückende Ruhe, sondern auch der gedämpfte Schein des Vollmondes, der durch die Lichtschächte ins Innere der Halle fiel und die verwaisten Käfige in einem düsteren Glanz schimmern ließ, machte den Frydoks klar, dass hier niemand zu retten war. Irgendwoher mussten die Betreiber dieser Anlage Wind von der Aktion bekommen haben.

„Vielleicht finden wir ja in den Büroräumen noch ein paar Unterlagen." Ben hörte sich nicht an, als wenn er selbst daran glauben würde. „Ansonsten fackeln wir diese Hölle einfach nur ab, dann war unser Besuch wenigstens nicht umsonst". Torben nickte ihm wortlos zu und steuerte auf eine der beiden gegenüberliegenden Türen zu. Durch die rechte Tür musste man seinen Informationen nach zu den Büros gelangen. „Ich suche mal nach Papierkram. Bereitet ihr alles für das Feuerwerk vor. Und vergesst nicht, Fotos zu machen. Vom Wasserrad, von den Käfigen und von allem, was ihr sonst noch so findet."

Die Tür war unverschlossen und er gelangte in ein Treppenhaus, das einem Rohbau glich. Links führte eine marode Treppe ins obere Stockwerk, die lediglich von ein paar zusammengenagelten Brettern als eine Art Geländer flankiert wurde. Geradeaus war ein weiterer Durchgang, dessen Tür ungewöhnlich robust aussah. Anstatt einer Klinke hatte sie einen senkrechten Stoßgriff. Darüber war ein so massiver Riegel angebracht, dass das Ganze an eine Gefängnistür erinnerte. Als er die Tür aufzog, schaute Torben in einen Flur, der durch das am Ende liegende Fenster ein wenig erhellt wurde. Von einer der vier Türen, die man erkennen konnte, wusste er, dass die sie zu dem Raum führte, in dem die Hunde getötet wurden. Die drei restlichen brachten ihn hoffentlich zu den Adressen der Leute, die dieses schmutzige Geschäft betrieben.

*

Ben und Tina inspizierten die Käfige in der Halle. Die meisten waren verdreckt, und allenfalls mit ein wenig Zeitung ausgelegt. Vereinzelt hingen Adressschilder an den Gitterstäben. Ben machte hastig einige Fotos von ihnen. Tina, die bereits die Tür auf der linken Stirnseite der Halle geöffnet hatte, sagte fast tonlos: „Hier sind noch viel mehr".

Ben kam herüber, schob Tina in den langen Gang und wusste, dass hier die Todeskandidaten ihr letztes Quartier hatten. Auf einer Länge von gut zehn Metern standen mindestens doppelt so große Käfige wie in der Halle. Tina zählte fünfzehn Käfige an jeder Wand. Jeder einzelne Käfig stand auf einer Art Rollwagen. Von hier aus ging es in den Raum, in dem man den Tod förmlich riechen konnte. Tina schaffte es nicht, den Raum zu betreten. Während Ben alle Details der Todeskammer fotografierte, konnte Tina ihren

Blick nicht von der Maschinerie wenden, die eigentlich einmal dafür gedacht war, einen Mühlstein anzutreiben. Wer konnte so eine perfide, aber simple Idee haben, unschuldiges Leben auszulöschen? Anstatt Schaufeln hingen an den Wänden Haken, mit denen die Käfige ins Wasser gesenkt werden. Während der nächste Käfig an einen Haken gehängt wurde, erlosch unter der Wasseroberfläche qualvoll ein Hundeleben. Fließbandarbeit des Teufels, kein Todesgeschrei, kein Dreck.

*

Der Holzboden knarrte unter Torbens Schritten. Er blieb vor der ersten Tür auf der rechten Seite stehen und öffnete sie vorsichtig. Der Fäkaliengestank, der ihm entgegenschlug, ließ ihn ruckartig zurückweichen. Der Mantelkragen, den er provisorisch über Mund und Nase zog, konnte auch nicht helfen. Mit seiner freien Hand holte er eine Taschenlampe hervor und leuchtete in den stockdunklen und fensterlosen Raum. Mit angehaltenem Atem ging Torben einen Schritt weiter und leuchtete die Wände ab. Zum Vorschein kamen zig leere Käfige, die links und rechts aufgestapelt waren.

Da seine Luft knapp wurde, machte er wieder einen Schritt zurück und schloss die Tür. Ein paar Schritte weiter zog er sich den Kragen gleich über Mund und Nase und wollte die nächste Tür öffnen, doch sie war verschlossen. Da diese Tür nicht annähernd so stabil aussah wie der Eingang zu diesem Flur, war er sich sicher, dass in diesem Fall ein Tritt als Schlüsselersatz reichen würde. Mit einem Krachen brach die Tür aus den Angeln und gab den Blick auf einen leer geräumten Schreibtisch und einige Schränke frei. Ohne viel Hoffnung, irgendwelche wichtigen Unterlagen zu finden, machte Torben sich mit seinem Messer am Schreibtischschloss zu schaffen. Nach wenigen Sekunden war klar, dass auch hier nichts Belastendes zu finden war.

Als Torben sich den Schränken zuwenden wollte, hörte er die Bodendielen im Flur knarren. Er schleuderte herum und sah augenblicklich zwei Personen in den Raum treten. Mit Schlagstöcken schwingend kamen sie auf ihn zu. Angriff ist die beste Verteidigung, dachte sich Torben. Bevor einer der beiden Fremden aktiv werden konnte, schlug Torben ihn nieder, schleuderte den anderen über den Schreibtisch zu Boden und rannte schreiend in Richtung der massiven Flurtür. „Raus hier, das ist eine Falle!" Er schlug die Tür zu und legte den Riegel vor. Das sollte die Kerle erst einmal aufhalten.

Ben und Tina stürzten durch die Lagerräume in Richtung Ausgang. Hatte Torben mit seinem mulmigen Gefühl doch recht gehabt. Als die beiden das Ende des Raumes fast erreicht hatten, stoppte Tina abrupt ab. Ben rannte weiter, stürzte in die Halle und erreichte zeitgleich mit Torben die Ausgangstür.

Tina ging ein paar Schritte zurück. In einem der Käfige hatte sie einen dunklen Schatten bemerkt, dann vernahm sie auch ein Grunzen. Sie ging in die Knie und schaute durch verrostete Metallstäben in ein einzelnes riesiges Auge. Tina richtete ihre Taschenlampe in den Käfig und erblickte einen kleinen schwarzen Mops, der mit verdrecktem Fell zusammengesunken auf den kalten Gitterstäben hockte. Es lief ihr kalt den Rücken herunter. Das rechte Auge des Hundes war zugenäht, das linke quoll soweit hervor, dass ein Schließen des Augenlids unmöglich war. Tinas Starre löste sich erst, als der kleine Mops einen schwachen Laut von sich gab. Sie flüsterte nur: „Oh mein Gott".

Torben fragte Ben besorgt, wo Tina sei. Der antwortete nur: „Hinter mir", und rannte weiter in Richtung des abgestellten Lieferwagens. Irgendetwas musste passiert sein, denn Tina fehlte. Torben lief zurück zu den Lagerräumen.

Ben hatte schon die Hälfte der Strecke zwischen Mühle und Lieferwagen zurückgelegt, als zwei Schatten um die Ecke kamen. Verdammt, die haben den Sprinter! Er wendete schlagartig und rannte zurück zur Mühle.

Torben schrie jetzt nach Tina, die darauf langsam auf ihn zukam. Im ersten Augenblick dachte Torben, dass Tina unter Schock steht. Dann aber sah er, dass sie etwas im Arm hielt. Er rannte auf sie zu, packte ihren Arm und zerrte sie mit. Torben erhaschte kurz einen Blick auf Tinas Fund, konzentrierte sich aber mehr auf ihre Flucht. Sie mussten hier sofort verschwinden.

Während Torben und Tina aus dem Gebäude eilten, sahen sie die beiden Angreifer aus dem Büroraum um die Ecke sprinten. Die zwei Schläger hatten sich nicht lange mit der Tür aufgehalten und sind gleich durch das Fenster raus. Die Schatten, die Ben beim Sprinter gesehen hatte, rannten nun auch Richtung Mühle. Torben sprang nach links durch das Gebüsch in Richtung Lexus und zerrte Tina hinter sich her. Ben war nun direkt hinter ihnen. Die vier Schläger, die vereint die Verfolgung aufnahmen, lagen gut fünfzig Meter hinter ihnen zurück. Beim Lexus angekommen sprangen die

drei Freunde geschwind hinein. Torben legte den Rückwärtsgang ein und gab Gas. Einer der Angreifer hämmerte
mit seinem Schlagstock auf die Motorhaube, zu mehr reichte
es aber nicht.

23. Warnschuss

Die Videodatei, die man Vitali Braschev zukommen ließ, war eigentlich ein Todesurteil für den Hauptakteur in dem zehnminütigen Video. „Eigentlich", weil man die Person leider nicht gut erkennen konnte. Durch den beiliegenden Hinweis „Einen tollen Freund hast DU als Tierschützer da", war Vitali hin und her gerissen. Objektiv konnte er jetzt nicht mehr entscheiden. Er war sich nicht sicher, und er wollte es vielleicht auch nicht wahrhaben, dass diese Schemen einer Person gehörten, die er nur zu gut kannte. Aber nein, das traute er ihm nicht zu, oder doch? War er so befangen, dass er diese Indizien missachtete? Er musste es in einem Vieraugengespräch herausfinden und ließ bei Igor Toschenko anrufen, um diesen zu dem kleinen Büro der „Tierfreunde Kiew" zu bitten.

Igor Toschenko kam mit zwei Bodyguards, was nicht außergewöhnlich war, jedoch blieben die beiden Beschützer ansonsten immer im Auto, wenn die beiden Freunde sich in Vitalis Büro trafen.

Die Begrüßung verlief wie immer, nur fiel die Umarmung kühler als gewöhnlich aus. Anschließend umrundete Vitali den Schreibtisch und setzte sich. Auch das war neu. Er bat Igor keinen Stuhl an und fragte mit aufgesetzter Höflichkeit: „Igor, mein langjähriger Freund... wie stehst du denn momentan zu Hunden?" Igors Augen flackerten unsicher. „Das weißt du. Ich habe nicht solch eine feste Beziehung zu ihnen wie du. Ich sage, leben und leben lassen." Vitali applaudierte dezent. „Das ist ein sehr weiser Spruch. Viele Schriftsteller benutzen ihn in ihren Werken." Sein Blick wanderte auf dem Schreibtisch hin und her. Er sortierte Stifte und Zettel, die gar nicht sortiert werden mussten und würdigte Igor nicht eines Blickes. „Man kann die Stifte hierhin legen oder dort hinlegen, aber so richtig passt es nie." Die Atmosphäre in dem kleinen Raum war zum Zerreißen gespannt. Vitali verharrte in seiner Bewegung und schaute, ohne den Kopf zu heben, in Igors Richtung. „Manchmal muss man einfach mal reinen Tisch machen, dann geht es einem besser." Mit diesen Worten wischte er alle Gegenstände vom Schreibtisch. „Hast du einen Hund gequält und getötet?" Seine Stimme war eisig, aber Igors spontane Empörung und Verneinung dieser Anschuldigung verdutzte Vitali. „Okay, dann mag hier ein Missverständnis vorliegen."

Er drehte sich um und gab einem Mann, der an der Rückwand des Raumes im Schatten stand, ein Zeichen, worauf dieser die Tür zu einem Hinterzimmer öffnete. Es dauerte ein paar Sekunden und ein ausgewachsener Schäferhund kam in den Raum. Igor wurde kreideweiß und fing an zu schwanken. Während einer seiner Bodyguards ihn stützte, nahm der andere einen Stuhl aus der Ecke und schob ihn seinem Chef von hinten zu, damit er sich setzen konnte. Der Schäferhund blieb neben Vitali stehen und fletschte geräuschlos die Zähne. „Ja, die Kindheit. Ich kann dich da verstehen, Igor, ich kann dich so gut verstehen. Das war nicht schön für dich." Vitali klopfte dem großen Hund auf die Flanke und schob ihn wieder dezent zu der Tür, aus der er vor ein paar Minuten gekommen war. Halb nach hinten blickend sagte er dann: „Bring mir mal meinen kleinen Freund!" Der Mann ging hinaus und kurze Zeit später kam ein Mops herein geflitzt. Der Mann schloss die Tür und stellte sich wieder in den Schatten. Der kleine Mops rannte aufgeregt durch den Raum und umrundete mehrmals fröhlich bellend den Schreibtisch.

Vitali beobachtet Igor und erkannte, dass aus der panischen Angst nun überhebliche Missachtung dem vermeintlich ungefährlicheren Hund gegenüber geworden war. Der Mops sprang auf Vitalis Schoss und ließ sich hingebungsvoll kraulen. Vitali liebte diese Hunderasse und neigte seinen Kopf nach unten, damit die kleine Fellnase ihm durchs Gesicht lecken konnte. Er ließ Igor dabei nicht aus den Augen und sah, wie dieser angeekelt die Nase rümpfte. Vitali fragte nun mitleidig und mit Häme: „Musst du kotzen?" „Sind wir hier jetzt fertig? Die Geschäfte warten.", polterte Igor los. Der Mops sprang herunter und drehte bei diesen garstigen Lauten ein paar weitere Empörungsrunden um den Schreibtisch. Urplötzlich sprang der Mops auf einmal auf Igors Schoss, doch dieser fegte den kleinen Hund herunter, bereute es aber augenblicklich. Er schaute erschrocken zu Vitali, der in der gleichen Sekunde aufsprang und sich mit beiden Händen auf der Tischkante abstützte um seinen Oberkörper weit in Igors Richtung zu lehnen. Sofort kamen Igors Männer einen Schritt näher. Vitalis Gesicht war alles andere als entspannt, aber das fürchtete Igor nicht. Der Schatten, der aus der Ecke hervorkam, ließ Igor erschauern, denn diese Person blickte Igor direkt in die Augen. Sergei Patrov stellte sich nun an Vitalis rechte Seite.

Sergei Patrov war der klassische Wolf im Schafsfell. Ein stämmiger Bursche von grade mal einen Meter und siebzig, aber mit ihm legte man sich besser nicht an, denn mit seinen 60 Jahren war er durchtrainierter als so manch ein junger Mann. Der gebürtige Litauer machte einen leicht abwesenden Eindruck, wenn er mit vor dem Bauch zusammengefalteten Händen dastand und scheinbar auf standby war. Nicht selten erntete er dafür ein Schmunzeln anwesender Personen. Schaute man ihm jedoch in seine stahlblauen Augen, erstarrte einem das Lächeln und man konnte nur hoffen, dass seine Blicke dich nicht ins Visier nahmen, denn dann hatten sie ihr Opfer gefunden. Sergei vermied Blickkontakt und in Gesprächen legte man ihm das schnell als Schwäche aus, was er aber eher als Vorteil sah. Der Litauer war die rechte Hand von Vitali Braschev, und Vitali vertraute ihm blind. Wenn er Sergei befehlen würde, vom Dach zu springen, dann würde der es ohne zu zögern tun.

Sergei konnte äußerst brutal werden, aber das war nicht der Grund, warum er gefürchtet wurde. Nein, die Gefahr, die von ihm ausging, war seine Krankheit: Analgesie. Durch diesen äußerst seltenen Gendefekt empfand Sergei keine Schmerzen. Als junger Mann verdrosch er seine Gegner, bis seine eigenen Arme brachen. Nur das rettete so manchem seiner Kontrahenten das Leben. Mittlerweile konnte Sergei seine Impulsivität gut einteilen, aber man tat gut daran, diesen Mann, der in vielen Kampfsportarten ausgebildet war, nicht herauszufordern und schon gar nicht zu unterschätzen.

Igor war nun im Bann von Sergeis Augen und die Schweißtropfen rannen ihm bereits von der Stirn. Vitali kostete die Situation aus und erst als sein Kopf sich kaum sichtbar ein kleines Stück in Richtung seiner rechten Hand bewegte, befreite der Litauer seinen Gegenüber vom Blick und holte unter dem Tisch zwei Gläser und eine Wodkaflasche hervor. Er füllte beide Gläser, stellte die Flasche wieder unter den Tisch und zog sich in seine Ecke zurück. Vitali hatte ein breites Grinsen im Gesicht: „Igor, mein Freund, hast du denn noch immer Angst vor den Hunden? Die wollen doch nur spielen, das weißt du doch, oder nicht?" Vitali schob ein Glas an die gegenüberliegende Tischkante und erhob sein eigenes. Igor ergriff mit zitternder Hand das Glas und kippte das Zeug ohne zuzuprosten hinunter. Vitali beobachtete einen Moment seinen langjährigen Freund mit einem Lächeln und trank seinen Wodka dann wesentlich stilvoller.

Igor schaute etwas beschämt zu Boden. „Mein Lieber, du weißt, ich mag deine Hunde…" „Gelogen", lachend ließ sich Vitali in seinen Stuhl fallen. „Ha ha, mein Freund, das ist gelogen. Du sollst nicht schwindeln." Er drohte mit dem Zeigefinger der linken Hand, mit der rechten Hand holte er die Wodkaflasche ein weiteres Mal hervor, um nachzuschenken.

Vitali ging mit der Flasche um den Tisch und befüllte beide Gläser. Bevor Igor seinen Wodka wieder gierig herunter kippen konnte, legte Vitali ihm die Hand auf den Arm. Erst als die Gläser aneinanderstießen, gab er den Arm frei. „Auf unsere Freundschaft, Igor." Der kippte das Getränk wie schon zuvor in seinen Rachen. „Und auf die vielen armen Hunde!" Igor verschluckte sich beim letzten Satz und

Wodka kam aus seiner Nase. Vornübergebeugt versuchte er während der Hustenattacke Luft zu holen, und während seine Augen aus ihren Höhlen quollen, deutete Igor auf seinen Rücken. Das Angebot ließ Vitali sich nicht entgehen und stärker als nötig schlug er ihm zwischen die Schultern.

Die beiden Bodyguards nahmen ihren Chef jetzt unter die Arme und führten ihn, nachdem er sich so halbwegs wieder erholt hatte, aus dem Raum. „Igor." Mit hochrotem Kopf drehte der sich um, und man konnte unterdrückte Wut in seinem Gesicht erkennen. Vitali hatte nach wie vor sein gefülltes Glas in der Hand. „Igor, auf die Hunde." Er prostete ihm zu und leerte das Glas in einem Zug.

24. Rache

Als der Lexus wieder Asphalt unter den Rädern hatte, verließen die Frydoks mit kreischenden Reifen den Bereich der Tötungsstation. Torben schaute immer wieder in den Rückspiegel und auch Ben verdrehte den Hals, um zu sehen, ob die Angreifer die Verfolgung aufnehmen würden. Nur Tina schaute an sich hinunter, während sie den zitternden schwarzen Mops streichelte. Da keine Schweinwerfer hinter ihnen auftauchten, drosselte Torben die Geschwindigkeit. Auch Ben entspannte sich langsam wieder.

Die beiden Männer waren entsetzt über den Ausgang ihrer Aktion. Woher wussten die Typen von ihrem Vorhaben? Hat Frank Zodec sie bewusst in eine Falle tappen lassen? Torben und Ben warfen sich die Vermutungen nur so um die Ohren, bis Tina auf einmal sagte: „Ich werde ihn Monty nennen." Jetzt erst wurden auch die anderen beiden auf den kleinen Mops aufmerksam. Tina erzählte, wie sie ihn gefunden hatte, und die beiden Männer hörten staunend zu. Wir fahren jetzt zu Frank, so oder so", erklärte Torben. „Zum einen will ich wissen, was das hier heute Nacht war und zum anderen haben wir ja immerhin einen geretteten Hund, der untersucht werden muss und für den wir einen Ausweis brauchen."

Und während die Frydoks mit dem einzigen befreiten Vierbeiner nach Pilsen zu Dr. Zodecs Tierarztpraxis un-

terwegs waren, durchsuchten die vier Schläger den zurück-
gelassenen Lieferwagen. Einer von Ihnen wurde im Hand-
schuhfach fündig. Während er den Fahrzeugschein hoch-
hielt, rief er: „Ich habe die Adresse."

*

Der BMW fuhr die Hofeinfahrt hinauf, auf der vor
einigen Stunden noch der Lieferwagen stand. Der Berner
Sennenhund kam aus seiner Hütte und schaute in die blen-
denden Scheinwerfer. Wie immer baute sich das 70 Kilo
schwere Tier mittig in der Einfahrt auf und wartete, dass der
Wagen vor ihm hielt. Im letzten Augenblick war ihm jedoch
klar, dass diesmal alles anders laufen würde. Er versuchte
noch, zur Seite zu springen, doch der PKW erwischte ihn an
den Hinterläufen und schleuderte ihn zur Seite. Jubel ent-
brannte im BMW, und nachdem das Fahrzeug zum Stehen
kam, stiegen die vier Insassen aus.

Im Haus ging das Licht an. Durch das Aufprallge-
räusch und das Jaulen des Hundes wurde der Bauer geweckt
und kam mit einem Knüppel nach draußen gelaufen. Er sah
noch, wie sich sein Hund aufrappelte und knurrend auf die
Fremden zu ging, worauf ihn einer der Männer mit seinem
Schlagstock auf den Kopf schlug. Das Krachen war lauter
als der jämmerliche Laut, den der einst so stolze Berner Sennenhund von sich gab. Der Bauer schrie und rannte auf die
Gestalten und seinen Hund zu. Ein kräftiger Faustschlag ins
Gesicht stoppte ihn je. Der Knüppel flog ihm in hohem Bogen aus der Hand und er schlug rückwärts hart auf dem Bo-

den auf. Der Kerl, der den Hund niederschlug und allem Anschein nach der Anführer dieser Gruppe war, hockte sich mit einem Knie auf die Brust des Bauern und fragte mit einem widerlich freundlichen Ton nach dessen Lieferwagen. Der Bauer bestritt die Existenz eines Lieferwagens. Ihm war klar, dass diese Typen nicht aus Jux und Dollerei nach dem Wagen fragten.

Der Schläger zündete sich eine Zigarette an und schaute einen seiner Kumpel an, der ebenfalls mit einem Schlagstock bewaffnet war. Dieser drosch augenblicklich auf den schwer verletzten Hund ein, der röchelnd am Boden lag. Entsetzen spiegelte sich in den Augen des Bauern. Es sprudelte nur so aus ihm heraus. „Eine Gruppe von drei Leuten hat sich den Wagen ausgeliehen. Ich weiß nicht, wer sie waren und was sie damit vorhatten. Es war nur eine Gefälligkeit, die ich jemanden schuldig war. Dr. Zodec, Dr. Frank Zodec aus Pilsen. Er ist Tierarzt und hat mich um den Lieferwagen gebeten. Mehr weiß ich nicht."

Der Typ, der auf dem Brustkorb kniete, schaute gedankenversunken in die Luft, dann zog er noch zweimal an der Zigarette und drückte sie anschließend auf der Stirn des Bauern aus. Dessen Schrei unterbrach er lächelnd mit der Frage, ob das denn auch die Wahrheit sei. Mit Tränen erstickter Stimme stammelte der Bauer: „Ich schwöre es. Ich schwöre es beim Leben…". „Schwör nicht auf das Leben deines Köters", unterbrach ihn der Kerl, „das ist nämlich nichts mehr Wert." Er ließ von dem im Dreck liegenden Häufchen Elend ab und ging zurück zum Wagen. Die vier stiegen ein und verließen mit durchdrehenden Reifen das

Grundstück, während sich der Bauer aufrappelte und zu seinem Hund kroch. Er nahm den zerschmetterten Kopf des Tieres in den Schoss, und ihm war klar, dass er hier nicht irgendeinen Hund verlor, sondern einen Freund.

*

Es war zwei Uhr morgens, als der Lexus in einem Hinterhof in einem Pilsener Vorort zum Stehen kam. Über einen nicht sehr einladenden Platz, auf dem mehrere Autos standen, konnte man durch mindestens fünf Eingänge ein jeweiliges Gebäude betreten. Von der Straße kam man nicht in die Praxisräume des Tierarztes, hinein ging nur durch den Hinterhof. Dafür musste man allerdings wissen, welche Tür die Richtige ist. Da die drei Frydoks wussten, dass Frank Zodec sie erwartete, konnte es nur der Eingang sein, hinter dem um diese Uhrzeit noch Licht brannte.

Torben parkte seinen Wagen mit der Beifahrerseite direkt vor dem Eingang. Dabei fiel ihm ein kleiner Kastenwagen mit deutschen Kennzeichen auf, dessen Seitentür geöffnet war. Ben stieg aus und klopfte nicht grade vorsichtig an die Tür. Eine ihm vollkommen fremde Frau öffnete einen Spalt und hielt einen kleinen Augenblick inne. Sie hatte eigentlich einen weiteren Lieferwagen erwartet. „Dr. Zodec." Dies war keine Frage von Ben, sondern machte der Frau unmissverständlich klar, wohin er wollte. Torben ging um das Auto herum zur Beifahrerseite und schob die Haustür auf. Von der Frau kam keine Gegenwehr.

Aus dem Haus ertönte Hundegebell und nun meldete sich auch der kleine schwarze Mops auf Tinas Arm und bellte vorsichtig. Die Drei gingen einen dunklen Flur entlang, bis sie in einen hell erleuchteten Raum kamen, in dem Dr. Zodec einen Hund auf dem Behandlungstisch untersuchte. Auf dem Boden standen mehrere Käfige mit weiteren Hunden. Tina schaute durch den Raum und blieb mit dem Blick beim Schreibtisch des Tierarztes kleben. Dieses Möbelstück war der Inbegriff von Chaos. Aus dem Durcheinander fielen allerdings zwei Stapel blaue Ausweise auf. Die sollten die Fahrkarte in ein neues Leben für die Vierbeiner bedeuten. Frank Zodec wollte die Drei grade begrüßen, als Torben und Ben ihn abwechselnd mit Beschimpfungen und Fragen bombardierten. Zornesröte machte sich im Gesicht des Tierarztes angesichts solch einer Begrüßung breit.

Dann fiel sein Blick aber auf das schäbige, dreckige Fellknäul, das in Tinas Arm lag. Dr. Zodec nahm die Worte der schimpfenden Männer gar nicht mehr war. Er sah auch weder Tina, noch beachtete er den heruntergekommenen Körper des kleinen Mopses. Nur dieses riesige Auge war in seinem Fokus. Das hatte er schon mal gesehen, auch bei einem schwarzen Mops. Der Tierarzt drehte vorsichtig das Köpfchen der kleinen Kreatur und erkannte in der rechten Gesichtshälfte anstatt eines Auges seine Operationsnarbe. Das war Pavel. „Das ist Monty", erklärte Tina mit sanfter Stimme und holte Frank Zodec zurück in die Realität. Monty unterstrich seine Vorstellung mit einem Fiepen.

Auch Ben und Torben verstummten augenblicklich. „Wo habt ihr den her?", fragte er. Ben drehte sich verächtlich zur Seite. „Das glaub ich jetzt nicht", zischte er. Dann drehte er sich wieder zum Tierarzt um und wollte erneut explodieren. Torben zog ihn am Arm zurück und ging seinerseits einen Schritt auf Dr. Zodec zu. „Frank, irgendjemand hat uns verraten, wir sind gerade noch mit heiler Haut davongekommen." Dann schilderte er die Geschehnisse der letzten Stunden. Frank Zodec kraulte gedankenversunken seinen Vollbart. Sein Blick klebte immer noch auf Montys krankem Auge. „Wenn die den Lieferwagen haben, dann haben sie auch den Bauern. Und der wird denen wohl auch meinen Namen verraten. Ihr müsst hier verschwinden, sofort! Es wird nicht lange dauern, bis diese Verbrecher hier sind."

Er gab der älteren Frau ein Zeichen, und die begann sofort mit dem Verladen einiger Käfige. Auch einen Stapel der blauen Ausweise steckte sie ein. Dann nahm er Tina den Mops ab und untersuchte ihn kurz. Anschließend setzte er ihn behutsam in einen der mit Handtüchern gepolsterten Käfige. Ben und Tina fiel sofort auf, dass es die gleichen Handtücher waren, die sie auch in einigen der Käfige in der Tötungsstation von Hradec gesehen hatten.

„Verschwindet jetzt", herrschte Frank die drei an, „oder wollt ihr warten, bis die hier sind?" Zögernd traten Ben und Torben ein paar Schritte zurück. Tina wollte jedoch nicht ohne Monty weg. Ben berührte sie behutsam von hinten an der Schulter. „Ohne Ausweis bekommen wir an der Grenze Probleme. Das hat keinen Zweck". Tina begann zu weinen und drehte sich um. Die drei Frydoks verließen mit leeren Händen die Tierarztpraxis und fuhren zurück nach Deutschland.

*

Während die fremde Frau die letzten Käfige, einschließlich den mit Monty, in den Lieferwagen schaffte, füllte der Tierarzt einen weiteren Tierausweis für den Mops aus. Als Halterin gab er Tina an. Die Adresse kannte er ja. Dann drückte er der Frau den letzten Ausweis in die Hand und küsste sie auf die Wange. „Sieh zu, dass du loskommst!"

Nachdem der Lieferwagen den Hinterhof verlassen hatte und sich auf den Weg nach Thüringen zur ersten Pflegestelle machte, schoss ein BMW in den Hinterhof, aus dem vier Männer heraussprangen. Jeder war bewaffnet mit einem Schlagstock. Sie stürmten durch die Haustür, die der Tierarzt absichtlich offengelassen hatte und drangen in die Praxisräume ein. Dort saß Frank Zodec am Schreibtisch und grüßte trocken, ohne aufzublicken.

Den ersten Schlag ignorierte er noch, der Zweite ließ ihn jedoch von seinem Stuhl rutschen. Blut lief ihm über das Gesicht. Frank Zodec schwor sich, nicht ein Wort zu sagen, egal was passieren würde. Nachdem die vier Peiniger die Praxis kurz und klein geschlagen hatten und Frank immer noch wortlos blieb, malträtierten sie nun ihn. Erst als die Sirenen der Polizei zu hören waren, verließen die Angreifer das Gebäude und stiegen in ihren Wagen. Den Tierarzt hatten sie fast totgeschlagen, Informationen über die Frydoks hatten sie jedoch nicht bekommen.

Während die Schläger im BMW wütende Flüche ausstießen, näherten sich die drei Freunde im Lexus der deutschen Grenze. Ihnen war klar, dass es die Frydoks seit dem heutigen Morgen so nicht mehr geben würde, da sie sich sonst in Lebensgefahr begaben.

Auf einer anderen Straße fuhr ein Lieferwagen nordwärts in Richtung deutscher Grenze. In ihm saßen mehrere Hunde in ihren Käfigen und bellten um die Wette. Nur ein Hund saß still und mit hängendem Kopf, aber diesmal hatte er das Gefühl, dass alles besser wird.

Danke

Mein Dank gilt all den Leuten, die dazu beigetragen haben, dass Monty in unserer Familie Leben darf.

Für die Unterstützung zu meinem Buchprojekt danke ich vor allem Udo Gremler.

Zum einen hat er mir das Titelfoto zur Verfügung gestellt, und zum anderen hat er maßgeblichen Anteil zur Lesbarkeit dieses Buches beigetragen.

Und dann ist da noch meine liebe Frau Sabine, die als Zuhörer, Testleser und Kritiker meine Gedanken oftmals in die richtige Richtung lenkte.

Ohne ihre Idee, den eigentlich gedachten Roman in drei Bücher zu teilen, würden die Leser wahrscheinlich noch ein paar Jahre auf Montys Geschichte warten.

Und zum Abschluss möchte ich noch allen Danken, die sich für den Tierschutz einsetzen und ein offenes Herz für unsere Fellnasen haben.

Der Autor

Holger Effnert betrat im Juli 2015 als Co-Autor des Sammelwerks „Die zweite Chance" die Welt der Autoren.

Sein Erstlingswerk "Monty - Auge um Auge" ist der erste Teil einer Trilogie, die von dem Schicksal seines gleichnamigen Mopses handelt.

Seit 2010 macht der 1970 geborene Familienvater, der hauptberuflich als Labortechniker arbeitet, durch Kurzgeschichten und Gedichte in verschiedenen Internetforen auf sich aufmerksam.

Sein Genre lässt sich dabei nicht eindeutig zuordnen. Es verspricht jedoch oftmals Tränen, die nicht zwangsläufig der Traurigkeit entspringen müssen.

... Fortsetzung

Monty – Auge um Auge

Teil 2: Lily Graber

ISBN: 978-3741283604

Erhältlich ab Nov. 2016